늘가다

"위험한 일을 품위있게 하는 것, 나는 그것을 예술이라 부른다."
– 찰스 부코스키 –

초판 1쇄 발행 ㅣ 2018년 3월 2일
초판 2쇄 발행 ㅣ 2018년 6월 15일

지은이 ㅣ 김웅수
펴낸이 ㅣ 최대석
펴낸곳 ㅣ 행복우물
마케팅 ㅣ 최연

편 집 ㅣ 홍은정(umbobb@daum.net)
표지디자인 ㅣ 서미선(mindmindms@gmail.com)

등록번호 ㅣ 제307-2007-14호
등록일 ㅣ 2006년 10월 27일

주 소 ㅣ 경기도 가평군 가평읍 경반안로 115
전 화 ㅣ 031)581-0491
팩 스 ㅣ 031)581-0492

이메일 ㅣ danielcds@naver.com
홈페이지 ㅣ www.happypress.co.kr
ISBN 978-89-93525-54-0(03810)
정 가 14,000원

흉부외과 의사는
고독한 예술가다

- 나는 자랑스런 흉부외과 의사다 2 -

김응수 지음

행복우물

마음 속
열쇠보관장의 비밀

인공지능으로 대표되는 과학은 우리의 삶을 구석구석 변화시키고 있다. 다양한 분야에 이용되는 인공지능은 인간의 영역을 차츰 파고들어 약학을 선두로 헬스케어를 비롯한 의학 분야에도 어려움 없이 진출할 것으로 예상된다. 특히 인공지능을 이용한 미국 암센터의 높은 암 진단율은 의사라는 직업이 사양길에 들거라는 걱정이 현실이 되었다는 것을 말해준다. 이제 많은 사람들은 의료를 단지 과학으로만 생각해 인공지능이 고귀한 생명을 다루는 직업인 의사 대신 의료적인 결정을 내리고 치료할 수 있을 거라고 착각한다.

처음 이런 생각을 했던 사람은 "나는 생각한다. 고로 나는 존재한다."라는 명언을 남긴 데카르트이다. 그는 의학을 기계적으로 해석해 사람이 사이보그처럼 작동한다며 톱니바퀴와 평형추로 된 시계에 비유하였다. 톱니바퀴가 잘못되어 엉뚱한 시각을 가리키는 것처럼 사람도 병들게 된다는데, 이런 생각이 시계의 부품을 갈아 고치듯 현대의학 장기 이식의 단초를 제공했다고 할 수 있다.

그러나 사람은 기계가 아니기 때문에 하나 더하기 하나는 둘이 아닐 때가 드물지 않고, 같은 병에도 나이, 성별, 직업뿐만 아니라 경제적 여건에 따라 치료가 달라진다. 한 의사가 비슷한 병을 가진 사람에게 같은 수술을 했어도 결과가 다를 수 있고, 동일한 병을 앓더라도 의사의 판단에 따라 치료방법이 완전히 바뀔 수 있다.

그래서 버나드 쇼는 이런 말을 남겼다.

"의학은 과학이 아니라 예술이다."

예술가가 작품을 빚듯이 사람을 치료하는 것 또한 의사의 개성에 따라 다를 수 있고, 인공지능처럼 똑같은 처방을 낸다고 해서 똑같이 치료되지 않는다. 더욱이 인공지능에 입력된 결정에 따라 치료하여 엄청난 치료비가 든 후 잘못될 경우 남겨진 가족이 안아야 되는 경제적 괴로움은 병든 사람이 겪었던 고통보다 훨씬 클 수 있다.

또 다른 착각은 의학을 대부분 기계로 해결할 수 있다는 생각이다.

대학시절 나는 신선이 되려는 황당한 꿈을 꾼 적이 있다. 신선은 아니더라도 적어도 만해(萬海) 한용운처럼 의식을 분(分) 단위로 나누어 스스로 조절하고자 흰 머리를 날리는 도인으로부터 공간이동을 단련하는 수업을 받았다. 그러던 중 한 종교인이 사진만으로 생년월일과 직업 등을 맞추고 공중부양까지 한다는 이야기에 솔깃해 그의 제자가 되기 위해 찾아갔다. 그는 나에게 손바닥만한 기계를 내보이며 기(氣)를 불어넣은 물건에서 나는 소리를 들려주었다.

"단지 뚜뚜~거리는 소리가 빨라진 것으로 어떻게 기가 가득하다고 판단하십니까?"

나의 궁금증에 그는 밑도 끝도 없이 역정을 내었다.

"아니, 기계를 못 믿어? 기계를 믿지 못하면 도대체 뭘 믿어?"

인공지능이 개발되기 전부터 의학에서도 이런 일은 있었다. 각종 진단장비가 늘어나면서 갑자기 판독하는 의사들의 대우가 좋아지고, 의사의 행위에 의해 생기던 병원의 수익이 과학을 이용한 진단장비의 사용료로 대체되기 시작하였다. 작은 병원에까지 전자차트와 영상시스템(PACS)이 보급되고, 사람들은 진료실에서 자신을 보지 않고 모니터 화면을 들여다보는 의사를 만난다. 환자의 얼굴도 보지 않고 몇 마디 묻다 피를 뽑고, 엑스레이를 찍고, 컴퓨터 단층촬영, 초음파, 자기공명영상 등의 처방이 나오고 결과는 모두 모니터로 본다. 진료의 첫 번째 원칙인 눈으로 진찰하는 시진(視診)조차 생략되며, 청진기를 대든지, 두드리든지, 만지는 것은 엄두를 내지 못한다. 그뿐만 아니라 원칙대로 진료하는 의사는 구닥다리로 취급되고 심지어 성추행의 위험에까지 노출된다. 그러나 의사들이 얼굴조차 제대로 보지 않고 피를 뽑고 과학이 동원한 검사만 하면 어디가 나쁜지 나올 것이라고 믿을 때, 의학은 인공지능과 마찬가지인 차디 찬 학문으로 전락할 것이다.

병원이 갈수록 커지고 과학이 발전하여 인공지능까지 등장한 시대에 비과학적인 치료 또한 늘어나는 현실은 어떻게 설명해야 할까? 대체의학인 양 포장된 비(非)의료인이 하는 난해한 치료법이 난무하고 종교인들도 드물지 않게 가담하고 있다. 그러나 의사가 인공지능이나 값비싼 기계에만 의존하면서 어떻게 병든 사람들이 용하다고 소문난 엉뚱한 치료법을 찾아간다고 야단칠 수 있을까? 의학이 발달해도 사이비 치료가 늘어나는 현실은 아픈 사람들에 대한 의사들의 인간적인 대우가 갈수록 나빠지는 증거라고 할 수 있다. 루돌프 비르효의 주장처럼 의사는 '아프고 가난한 사람들의 변호사'는 아니더라도 장 라레의 말처럼 의사는 '아픈 사람들의 친구'가 되어야 한다.

일전에 나는 저격부대를 무대로 만든 미드를 본 적이 있다. 범인이 오자 어린 꼬마와 누나 둘은 침대 밑에 숨어 살아난다. 한 저격수가 겁에 질린 아이들을 안심시키기 위해 꼬마의 머리를 쓰다듬으며 농담으로 "남자가 여자인 누나들을 지켜줘야 하는 거야."라고 말한다. 그러나 그가 다른 곳에서 범인을 찾는 사이 범인이 다시 들어오고, 꼬마는 누나를 살리기 위해 저격수의 농담대로 뛰어나가 급기야 희생된다. 이에 충격을 받고 정신이상이 된 저격수가 본부를 점거하고 폭파하려 하는데 후배가 사살하지 않고 끝내 설득하여 그를 병원에서 치료받게 만든다. 그 후배가 쓸쓸히 집에 돌아와 현관의 열쇠보관장을 열었을 때, 그곳엔 자신이 살리지 못한 사람들에 대한 신문기사와 자료가 수두룩하게 압핀으로 꽂혀 있었다.

아, 나의 마음 속 열쇠보관장에는 얼마나 많은 사람들이 스크랩되어 있을까? 나를 믿었던 이들에 대한 쓸쓸함을 언제까지 곱씹으며 살아야 할까? 나는 도봉산에 올라가게 만들어주겠다는 약속을 지키지 못한 나를 자책한다. 터널의 끝이 보이지 않는다는 사람에게 찬란한 햇빛을 보여주겠다고 자신했던 나는 아직 그의 휠체어를 밀고 있다. 나는 오늘도 눈물을 글썽이다 마음 속 열쇠보관장의 여닫이문을 닫는다.

이 책은 출판사의 권유에 의해 나온다. 그만큼 '나는 자랑스런 흉부외과 의사다'를 많은 독자들이 읽어주셨기 때문일 것이다. 책을 사주신 독자들에게 감사드리며 새로 나온 이 책도 1편만큼 많은 분들이 읽어주시면 힘이 되리라 생각한다. 개인정보보호법 등 많은 제한이 생겨 이번 책에는 한 가지 이야기에 여러 사람의 이야기를 섞어놓았다. 미처 챙기기 못한 점이 있으면 이해해 주시기 바란다.

나의 여름날이 인사(人事) 등의 문제로 빨리 찬바람이 부는 계절로 바뀌었다. 나의 우울했던 가을과 겨울을 따뜻하게 해주신 한일병원 흉부외과 환우회 '한사랑회' 세 분의 회장님과 인간적인 의학을 소망했던 여러 고문님들께 감사드리며 회원 모두의 건강을 기원한다.

멀리 미국 뉴저지에서 책의 삽화를 그려주신 최대식 화백님께도 무한한 감사를 보낸다. 재치 있고 재미있는 그림 덕분에 글의 부족함을 가릴 수 있게 되었다. 마지막으로 사투리가 섞인 원고를 표준말로 깨끔하게 교정해준 아내에게 사랑을 바친다.

2018년 1월
불 켜진 의사당이 내려다보이는
당산 서재에서

목 차

책을 열면서   마음 속 열쇠보관장의 비밀 ······ 4

첫 번째 이야기   *소원을 말해봐* ······ 13

01 빼가 뿔라졌스요?

02 너무나 쉬운 명의(名醫)의 탄생

03 시인은 언제 글을 쓰는가?

04 소원을 말해 봐

05 어느 우울한 기억의 감정

06 여름날은 어떠했는지요?

07 서푼도 안 되는 사랑

08 잔치 대신에 받은 수술

09 잔 다르크와 나이팅게일

두 번째 이야기   *팔순 할아버지 격투기 선수* ······ 75

10 가느다란 내 다리

11 머리를 자주 빗는 이유

12 용산까지 왔을까요?

13 남편을 길들이는 몇 가지 방법

14 흉부외과 의사가 좋아하는 절은?

15 우리나라 사람이에요

16 팔순 할아버지 격투기 선수

17 담배 때문에 뒤바뀐 운명

18 마음이 아픈 거예요

세 번째 이야기　세 가지 마음을 가진 사람 …… 135

19 나폴레옹 보나파르트와 아버지

20 죽은 사람도 살리는 의사

21 어느 이발사의 가을

22 수건을 길게 자르세요

23 성악설이냐, 성선설이냐?

24 세 가지 마음을 가진 사람

25 원피스 한 벌과 숙녀화 한 켤레

26 맥주 고글(Beer Goggles)

27 호주머니에서 잠시 꺼내본다

네 번째 이야기　다른 사람에게 묻지 마소서 …… 203

28 그게 변명이에요?

29 내가 너무 오래 살아 그러는가 벼

30 욕쟁이 할머니의 고민

31 꽃씨를 드릴게요

32 거울 앞에 앉으세요

33 다른 사람에게 묻지 마소서

34 흉부외과 의사의 괴상한 털 뽑기

35 유비 같은 의사, 장비 같은 의사

36 하와이 친구의 하루

37 기러기 부부의 남쪽 여행

책을 닫으면서　'미추 에레미타'에 대한 허술한 변명 …… 275

소원을 말해봐

빼가
뿔라졌스요? 01

 어린 시절, 노량진에 살다가 부산으로 이사한 다음 꼬맹이가 맞닥뜨린 것은 서울말과는 억양부터 다른 사투리였다. 친구들은 사투리를 쓰지 않는 나를 놀리며 서울말을 흉내 내곤 했다.

 초등학교 고학년이 되어서는 구구단이 문제였다. 친구들은 구구단을 노래처럼 외웠는데 다들 구구단의 앞머리를 강하게 올렸고, 내가 구구단을 외울 때면 "뭘 저렇게 시시하게 외우냐?"며 깔깔거렸다. 그런데 고등학교 때 다시 서울로 올라오니 이번엔 사투리 때문에 놀림감이 되었다.

 일반적으로 산맥을 경계로 동서쪽이 억양의 세기가 다르다는데 서쪽인 서울과 달리 동쪽인 부산에 살다온 나는 아무리 표준말을 쓰고 말끝을 서울사람처럼 흉내 내도 억양부터 달랐다. 친구들은 나에게 '쌀'이라고 말해 보라고 놀려대기 일쑤였고, '으'와

'어'가 구분되지 않는 사투리 덕분에 '승리할 때 승', '성공할 때 성'이라고 덧붙여 말할 수밖에 없었다.

정말 튼튼한 표준말의 성곽 안에 거주하려면 당연히 사투리는 극복하지 않으면 안 되는 대상이었다. 그러나 지금 생각해도 홍합을 담치라 부르고, 부추를 정구지, 삽을 수금푸라고 부르는 동네에서 올라와 살아가는 게 쉬운 일은 아니었다. 나는 입에 굳은 사투리를 서울말과 억양으로 바꾸려고 노력했고, 그런 노력이 서울에서 지내는데 도움이 되었던 것을 부인할 수 없다.

사투리는 어느 나라에나 다 있는 것이어서 성경에도 사투리로 고생한 이야기가 나온다. 그 가운데 예수의 제자 베드로의 이야기는 많은 사람들에게 알려져 있다. 예루살렘 성으로 들어온 예수가 잡히자 패거리로 몰릴까 두려워했던 제자들은 허둥지둥 도망가기 바빴다. 수제자 베드로만이 대제사장이 예수를 심문하는 장소까지 멀찍이 따라갔다.

베드로는 예수와 마찬가지로 아람어에다 억센 북쪽 갈릴리 사투리를 썼다. 이 때문에 그는 생각과 전혀 다르게 예수의 말처럼 예수를 모른다고 부인하게 되는 결과를 낳는다. 곁불을 쬐는 베드로에게 하녀가 어디에서 본 듯한 사람이라고 말하자, 그는 화들짝 놀라 무슨 그런 말을 하느냐고 되물었다. 그러나 서울사람처럼 말하려 할 때마다 억센 갈릴리 사투리가 튀어나왔다. 그의 사투리 억양은 당황할수록 뚜렷해져 옆에 있던 사람들은 "말투가 수상하다."고 몰아친다. 결국 베드로는 닭 울기 전에 예수를 세 번이나 모른다고 말하게 되는 비극을 낳았다는 슬픈 이야기가 전한다.

그런데 사투리가 인간에게만 있는 것이 아니다. 동물에게도 사투리가 있는데, 심지어 포유류인 고래는 물론이고 물고기끼리도 사투리를 쓴다. 우리가 하등동물이라 생각하는 물고기도 부레 등을 이용하여 다양한 소리로 영역을 알리고, 겁을 주고, 짝을 유혹한다. 특히 물은 공기보다 밀도가 높아 소리가 약 다섯 배나 더

빨리 전달되고 그만큼 멀리까지 퍼지기에 산란기 때는 대구가 한 곳으로 몰려들 무렵엔 소리만 듣고도 어디에서 자랐는지 알 수 있다고 한다.

갑자기 오른쪽 등 아래부위가 아파 응급의료센터를 거쳐 흉부외과에 온 중년의 남성은 나를 만나자 마자 깍듯이 인사해 나도 벌떡 일어섰다. 그는 예의가 반듯한데다 나이든 남자치곤 척추도 똑발라 주위를 휘어잡는 품위가 있었다.

"다시 소화기센터를 가보라고 해서 초음파로 뱃속을 검사했어요. 그런데 췌장도, 담낭도 괜찮다네요."

나는 내과 기록을 넘겨보면서 초음파도 함께 보았다. 정말 그의 말대로 초음파는 깨끗했다.

"혹시 아프기 전날 운동을 하셨습니까?"

"운동? 운동을 하지는 않았구요. 몇 해 전 결혼한 딸이 세 살배기 손주를 데리고 왔어요. 그래서 손주랑 끌어안고 놀았죠. 손주가 할아버지를 너무 좋아해서 큰일이에요. 하하~."

그는 말할 때마다 또박또박 표준말로 말해 나는 그가 어떤 일을 하였는지 궁금했다.

"공무원을 오래했지요. 시골사람치곤 나름대로 올랐어요."

"시골에서 올라오셨어요? 말씀은 완전히 서울말을 쓰시는데요?"

그는 빙긋이 웃더니만 말을 이었다.

"노력 많이 했어요. 말투부터 촌티나면 어려워요."

나도 그를 보고 웃었다.

"어? 비뇨기과도 들리셨네요."

"내과에서 비뇨기과에 가라고 하더라구요. 콩팥에 돌이 있으면 그럴 수도 있다구요."

그는 연신 고개를 갸우뚱했지만 나는 웃으며 말했다.

"아, 그래서 컴퓨터 단층촬영을 했네요."

"내 참, 비뇨기과에서 아무런 이상이 없대요. 그러면서 흉부외과에 한번 가보라고 했어요."

나는 '마지막 뒤처리하는 곳이 흉부외과인 줄 아는가 보지.'하는 생각도 들었지만 컴퓨터 단층촬영의 판독 결과를 보면서 그에게 말했다.

"정말 괜찮다고 되어있네요. 으흠, 그래도 제가 다시 봐드릴게요."

나는 앞부터 뒤로 천천히 컴퓨터 단층촬영을 보면서 그에게 말했다.

"음, 콩팥이나 요관에 돌은 없어요."

그는 걱정스런 얼굴로 사진을 보고 있는 나를 쳐다보았다. 나는 콩팥을 지나 등뼈 가까이 자른 단면 사진을 보다 놀랐다.

"어? 갈비뼈가 하나 부러졌네요. 열두 번째 갈비뼈가……"

다른 의사들이 모두 큰 질병만 찾다보니 가장 간단한 병을 놓친 것이었다. 그러나 내가 더 놀란 것은 그의 반응이었다.

"뻐가 뿔라졌스요?"

나는 반듯한 표준말이 아닌 구수한 남쪽 사투리에 놀라 그를 보았다. 그도 자신의 사투리에 깜짝 놀랐는지 나를 보며 더듬거리며 다시 말했다.

"갈비…뻐가…부러…졌…다구요?"

너무나 쉬운 명의(名醫)의 탄생

다른 병원에서 일할 때 이야기이다.

경기도 동북부 병원에서 '갈비뼈가 부러져 죽기 직전'의 환자가 흉부외과가 있는 병원을 찾다 우리 병원으로 온다는 연락을 받았다.

"어제 갈비뼈가 부러졌다는데 어떻게 되었기에 병원장이 다급하게 전화했을까?"

나는 구급차가 들어오는 입구에 앉아 기다렸다. 한 십 분을 기다리니 구급차가 들어왔다. 산소줄을 코에 낀 사내가 누워있었고, 같이 온 의사의 말로는 핏속 산소포화도가 낮아 죽은 사람 같다는 것이다.

"어떻게 다쳤나요?"

"어제 술을 드시고 계단에서 굴렀대요. 왼쪽 갈비뼈가 너댓 개 부러지고 이마가 찢어져 꿰맸어요. 근데 아침부터 숨을 못 쉬겠다고 하는데 아무리 산소를 높여도 온몸이 퍼런 거예요."

같이 온 의사는 숨을 헐떡이며 말했다. 나는 그곳에서 가져온 사진을 하나, 둘 보았다. 그렇게 갈비뼈도 심하게 부러지지 않았고, 가슴 속에 피나 공기도 고여 있지 않았다.

먼저 사람의 가슴뼈에 대해 설명해야 되겠다. 가슴뼈는 심장과 허파 등을 철저하게 보호하는 임무를 맡는다. 앞에는 심장을 보호하기 위해 앞가슴뼈가 가로막고 뒤에는 척추가 받치고, 그 사이에 갈비뼈가 오른쪽, 왼쪽 열두 개씩 둘러져 있다. 또한 가슴은 젖꼭지를 중심으로 위에서 경사지게 그었을 때 안쪽은 갈비뼈가 아닌 물렁뼈로 되어 가슴 속 중요한 장기가 손상되지 않게 막아준다.

가슴은 다른 장기와 달리 쉬지 않고 운동한다. 만약 심장과 허파가 피곤하다며 운동하지 않는다면 어떻게 사람이 살 수 있을까? 일 분에 칠, 팔십 번 정도 움직이는 심장은 심낭이란 두꺼운 주머니 속에 들어있고 그 속에 닿지 않게 엔진오일 기능을 하는 윤활유가 들어있다. 허파는 갈비뼈 쪽 늑막과 허파 쪽 늑막 사이에 아주 작은 공간을 이용해 일 분에 열다섯 번에서 스무 번 정도 불어났다 줄어들었다 한다.

왜 이렇게 되어 있을까? 윗도리를 벗고 거울 앞에 서 보면 알 수 있다. 들숨을 쉬면 가슴이 쑥 올라오는 것이 보이고, 내쉬면

쭉 내려가는 것을 볼 수 있다. 만약 허파를 병으로 잃었든지, 수술했든지, 폐렴이나 가래로 막혔을 때는 아무리 숨을 쉬어도 가슴이 올라오지 않는다. 숨을 들이쉬면 허파는 거의 반 정도 부피가 늘어나는데 이때 갈비뼈는 앞가슴뼈와 척추 사이에서 폈다 접었다 하는 관절 역할을 한다.

갈비뼈가 부러지면 어떻게 해야 할까? 흉부외과 진료실에 있으면 더러 갈비뼈에 다리처럼 부목이나 석고붕대를 대어달라고 요청하는 사람들이 많다. 일반적으로 가슴에는 부목이나 석고붕대를 대지 않는다. 그러나 갈비뼈 골절을 쉽게 생각하다 큰코다치기도 한다. 갈비뼈가 여러 개 부러지면 숨을 쉴 때마다 가슴이 반대로 벌렁거리는 동요흉을 만들어 어긋난 갈비뼈는 금속판으로 고정하는 수술을 해야 할 때도 있다. 특히 허약한 노인에게는 금속판으로 고정해 주는 것이 인공호흡기를 다는 시간을 줄여 얼른 회복하게 만든다.

밤새 울어 눈이 퉁퉁 부은 환자의 아내는 나에게 말했다.

"그래도 아프다는 거예요. 아프다고 소리치니까 주사를 놓아주었어요."

나는 그녀의 말을 받았다.

"그쪽 병원에서 잘 치료했어요. 그렇게 하는 게 원칙이에요."

"원래 남편이 잘 못 참는 성격이거든요. 가느다란 가시에 찔려도 몇 주 동안 아무 일도 못해요."

한숨을 쉬더니 말을 이었다.

"근데 계속 아프다 그러는 거예요. 그래서 복대로 가슴을 꼭 짜맸어요."

나는 활동사진처럼 전개되는 그녀의 말이 차츰 궁금해졌다.

"그러니까 덜 아프다고 하던가요?"

"네, 덜 아프다고 했어요. 그런데……."

그녀가 말을 잠시 멈추었다.

"두세 시간 지나니까 남편이 죽겠다는 거예요. 그때부터 지금까지 저는 울기만 했어요."

침대에 누운 사내를 보았다. 정말 누에고치마냥 가슴이 돌돌 말려 마치 중세 유럽에서 고문도구로 쓰던 가죽 조끼를 입은 것처럼 가슴이 조여 있었다.

"복대란 배에 두르는 거예요. 그걸 가슴에 꽉 둘러 허파를 불어나지 못하게 하니……."

나는 먼저 가슴에 두른 복대를 벗겼다. 그리고 갈비뼈가 부러진 사내의 옷을 벗겨 보았다. 그쪽 병원에서는 사내가 심하게 아프다고 해서 통으로 된 면(綿)반창고로 왼쪽 가슴을 다섯 군데 가로로 길게 위아래, 앞뒤로 모두 두세 뼘 정도 붙여 놓았다. 그

다음, 이동용 방사선 촬영기로 찍어 보니 왼쪽 가슴이 온통 가래로 막혀 있었다. 나는 먼저 가슴에 붙은 반창고를 떼어내고 간호사를 불렀다.

"기관지 속으로 가래를 뽑아내게 준비해 줘요."

사내의 혀를 잡고 콧구멍으로 가래를 뽑는 튜브를 넣었다. 심전도로 맥박과 산소 포화도를 보며 천천히 가래를 뽑았다. 정말 가래떡처럼 가래가 몰려나왔다. 나는 잠시 쉬면서 가래를 뽑는 튜브로 산소를 주어 사내를 안심시켰다. 이런 행위를 열댓 번 했을까? 드디어 사내의 얼굴이 발그스름하게 바뀌었다.

"이제 다시 가슴사진을 찍어 봅시다."

가슴사진을 찍어보니 가래가 모두 빠져 짜부라졌던 왼쪽 허파가 완전히 펴져 있었다. 나는 가족을 다시 불러 가슴사진을 보여주며 말했다.

"가슴사진도 좋고 산소 포화도도 정상으로 나와요. 이제 괜찮을 테니 병실로 올라가시면 됩니다."

이때까지 눈물을 글썽이던 그녀가 갑자기 양손을 번쩍 들며 소리쳤다.

"대한민국 만세!!"

나는 깜짝 놀라 그녀를 보았다. 엘리베이터를 타지 않고 천천히 계단을 올라가다보니 절로 웃음이 나왔다.

"명의(名醫)가 별 게 아니잖아~."

03 시인은 언제 글을 쓰는가?

사람들은 아플 때 비로소 의사란 직업에 대해 관심을 가진다. 그래서 큰 병을 앓게 되면 늘 이렇게 말한다.

"가족 가운데 의사 한 사람쯤은 있어야 해."

전쟁이 없을 때는 누구도 군인에 대해 무관심하듯이 의사도 아프지 않을 땐 전혀 관심의 대상이 아니다.

나는 어릴 때부터 여럿이 모이는 것을 좋아하지 않았기에 지금도 모임이 그다지 많지 않다. 한 달에 한 번씩 만나 시 한편을 나누는 모임, 몇 개월에 한 번씩 부부가 같이 만나는 군의관 시절 의사 모임, 같이 공부했던 친구 모임, 백팔번뇌가 되지 못한 백육회 모임 등 몇 개 말고는 없다.

처음 만나면 사람들은 나에게 여태까지 병에 대해 궁금했던 이것저것을 물어본다. 그들은 자신이 알고 있는 지식이 맞는지, 아니면 의사가 제대로 알고 있는지 검증하려는 마음을 갖고 있는 것 같다.

그 다음 내가 글을 쓰는 것을 알고 나서는 다들 똑같은 질문을 한다.

"바쁜 의사가 언제 글을 쓰고 시를 써요?"

나는 이 질문에는 참 명쾌하게 답하기 어려운데, 어느 예술이나 마찬가지로 시나 글이란 쓰겠다고 마음먹는다고 해서 써지는 것이 아니기 때문이다.

"원고 마감 하루 전에요. 아니면, 지갑이 비어있을 때요."

이태백이나 미켈란젤로 같은 천재도 있으니 모든 작가들이 그렇지는 않다. 한 사람이 미켈란젤로에게 걸작인 다비드 상을 어떻게 만들었느냐 물었다.

"채석장의 커다란 덩어리 안에서 다비드를 보았어요. 다비드를 꺼내기 위해 불필요한 대리석을 제거하기만 하면 되었죠."

그러나 타고난 재능을 가진 소수를 제외하고는 시나 글, 또는 작품이 마음먹는다고 해서 쉽게 나오는 것은 아니다. 어느 시인의 말처럼 '시는 시만 쓰려고 생각할 때만 쓸 수 있는 것도 아니어서/ 물을 데우고/ 물을 따르는 사이/ 고양이가 창문 밖으로 휙 하니 지나가고/ 그 자리 뒤로 무언가 피어오르는 듯할 때', 예기치 않은 때 갑자기 써지는 것이다. 그래서 나의 시에도 '어디에 숨어 있다 배고픈 짐승마냥 기웃대는 것일까'라고 '보푸라기처럼 이는'

시를 노래하였다.

>나의 시가
>햇밥처럼 따뜻하다면
>온기로 보듬을 수 있다면
>부스러기 모아 고슬고슬한 밥 지으면 좋겠네
>밥이면 호사스러울까
>대충으로 밥알 듬성한
>죽 한 그릇이라도 만들면 좋겠네
>
>시는,
>나의 시는 죽도, 밥도 되지 못하네
>등 따습고 배부를 때 시는 무얼까
>간혹
>보푸라기마냥 느껍게 이는 시는
>어디에 숨어 있다 배고픈 짐승마냥 기웃대는 것일까

- '시인의 집' 1, 2연

　지루하게 하루가 시작되었고 그렇게 하루가 지나갔다. 오전에 늑막에 물이 찬 남자의 가슴에 튜브를 넣었으며, 가슴 속에 고름이 찬 다른 남자의 튜브의 위치가 좋지 않아 다시 하나를 넣었다.

오후엔 갈비뼈가 여러 개 부러진 여자의 가슴에서 피를 뽑아내었고, 만성 신부전증 여자의 영구도관을 뽑고 나서 피가 멈추지 않아 서둘러 쌈지 봉합으로 막아주었다. 퇴근 무렵 허파가 터진 어린 남학생의 가슴에 튜브를 넣었다.

퇴근하면서 저절로 한숨이 나왔다.

"흉부외과 의사가 큰 수술을 못하고 이거 가슴 안에 튜브나 넣는 완전 '튜브돌이'구만……."

나는 끝나기 무섭게 '시 읽는 사람들' 모임 장소인 문학의 집으로 달려갔다. '시 읽는 사람들'은 시인뿐만 아니라 일반인들과 한 달에 한 차례 모여 시를 한 편씩 읽는 모임인데, 그날 나는 나의 시를 읽었다.

검은 고양이 떼가 덮치듯
어둠이 내린다

언제부턴가
쉽사리 포기를 순리라고 불렀지
침묵의 무게에 머뭇거리다
코트 깃을 움켜쥔 채 몇몇이 떠나고
불끈 주먹을 쥐거나 거친 숨을 쉬곤 했지만
아무 일도 없었다
사람들은 순응이라고 했지
낮술에 취한 붉은 눈빛으로
도둑괭이가 건들건들 몰려다니고……

어둠이라 불러 보고 싶다

어느 날 '똑, 똑'
깊은 속에서
세상의 언저리를 더듬는 무딘 손
나는 어두움을 한 손으로 젖혀 올린다
아, 유리조각처럼 윤이 나는 한 자락 세상
빗장 틈으로 반짝거리는 조각 하나 안주머니에 넣는다

갑작스레
수술실에 정전이 되었다
멀뚱거리는 눈빛
손끝에 닿는 심장은 어둠 속에서도 멈추지 않고
마취의사의 손놀림 따라
허파는 불다 줄다 반복한다
어디까지 했더라
아,
어두움 속에서도 반짝이는 피
닦아도, 닦아도 배어나는 붉은 피

- '어두움에게 묻다'

모임이 끝날 무렵 날씬한 시인이 물었다.
"원고 내셨어요?"
내가 고개를 갸우뚱하자 그녀는 말했다.
"어떡해요. 또 빠졌네요. 내일 마감인데……"

나는 현관문을 열자마자 찬물부터 한잔 마셨다.
"이백 자 원고지 다섯 장이라. 남산에 대한 기억이 뭐가 있나?
뭘 쓰지. 이럴 때는 마누라를 파는 것이 가장 나아."

아내는 내 말을 듣자 한마디 거든다.

"또 내 이야길 쓰려고 하죠? 이제 내 이야기를 쓸 거면 원고료는 나에게 줘요."

"암, 반드시 드려야죠~."

나는 아내를 소재로 '내가 몰랐던 그녀 장딴지의 비밀'이란 글을 후딱 써내려 이메일로 보냈다.

70년대 초중반, 남산이라곤 경주 남산밖에 알지 못했던 삐쩍 마른 까까머리 촌놈이 서울로 올라왔다. 서너 해마다 겨우 한두 번쯤이나 눈 구경하던 따뜻한 남쪽지방에 살다 올라온 내가 얼떨결에 마주쳤던 것은 턱을 얼려 벙어리로 만들었던 밉살스런 추위였다. 매서운 여의(汝矣)섬의 바람은 추위를 피하기 위한 장갑이 어색했던 두 손을 바지춤에서 빼지 못하게 했다. 아, 그때 나는 정말 돌아가고 싶었다. 공부하다 작은 유리창으로 밖을 보는 것이 드문 즐거움이었던 어느 날, 우뚝 솟은 남산 전망대 타워가 눈에 들어왔다. 나는 그때 서울에도 남산이 있다는 것을 알았다.

이런 내가 남산과 친해진 것은 순전히 대학 새내기 때 만난 그녀 덕분이었다. 나는 어깨 위로 찰랑거리는 머리칼에 반해 겨울비 오던 밤, 그녀가 살던 남산 밑의 아파트 엘리베이터 앞에서 술에 취해 소리치고 말았다.

"태양을 향해 날아가는 독수리는 찬란한 빛에 눈이 멀어도 결코 후회하지 않는다."

그 후 둘이서 남산을 자주 오르내렸고, 그녀는 언제나 나보다 먼저 올라가 어서 오라고 손짓했다. 나는 그녀에 대해 궁금했던 점이 한둘이 아니었다. 나중에 그녀는 남산에 있는 여학교를 다녔고, 지각하지 않으려 남산자락에서 학교까지 날다람쥐처럼 뛰어다녔다고 순순히 자백했다. 이제 보니 그녀의 웅장한 장딴지는 바로 남산, 모두 남산이 만들어 준 것이었다.

결혼하고 몇 년 후엔 우리는 아예 몇 달에 하루는 남산에서 지내게 되었다. 학생을 가르쳤던 그녀는 간혹 자신이 잔 다르크인 양 혼자 텅 빈 학교를 지키곤 했는데, 으스스한 옛 건물에 그녀를 외로이 남겨두기 어려워 나는 두 딸을 데리고 공부할 겸 점심, 저녁까지 함께 먹고 돌아오곤 했다. 그러나 딸들이 자라자 더 이상 오랜 시간을 학교 안에 가두어두기 어려워 그때부터 나는 아내를 남겨두고 남산의 속살을 본격적으로 캐기 시작했다.

첫 탐사는 벚꽃이 만발한 봄날이었다. 두 딸의 손을 잡고 남산 케이블카를 타고 올라갈 때 그녀는 학교 운동장으로 나와 양손을 힘껏 흔들어주었다. "우아!" 케이블카에서 본 남산의 풍경은 연분홍 벚꽃에다 노란 개나리가 어우러져 나와 두 딸 모두 제대로 입을 다물 수가 없었다. 여름이면 넉넉한 수풀이, 가을이면 노랗고 빨간 갖가지 단풍이, 겨울이면 하얀 눈을 머리에 인 남산이 우리를 즐겁게 했다.

아내의 학교는 다른 동네로 옮겨갔지만 지금도 그녀는 몸이 근질거리는지, 아니면 장딴지가 근질근질한지 드물지 않게 나를 유혹한다.

"우리 남산에 갈까요? 어디에 차를 세워요?"

그때 나는 개선한 장군마냥 오른 팔로 그녀를 감싸며 힘지게 말한다.

"암~, 주차할 곳이 있지. 문학의 집·서울!"

소원을 말해 봐 04

가슴 속 밖으로 나오려는
한 마리 파랑새가 있다
난 아주 영리하게,
모두 잠든
깊은 밤에만 가끔
나오게 한다
네가 거기 있는 거 알아,
그러니
슬퍼하지 마
그러곤 다시 집어넣는다

- 찰스 부코스키, '파랑새' 일부

두 번째 앨범의 타이틀곡인 '소원을 말해봐'는 소녀시대를 대표적인 국민 걸그룹으로 만들었다. 그 노래는 꿈을 꾸는 듯한 시작부터 남다른데, 스마트키 소리가 섞인 자동차 굉음의 도입부와 더불어 경쾌한 후렴구까지 바쁜 일상에 찌든 사람들에게 열정을 되찾을 수 있도록 북돋아준다. 그런데 노래를 듣다 보면 또렷하게 '심장소리 같은 떨림의 할리에 네 몸을 맡겨봐.' 라는 가사가 나오는데, 할리 데이비슨을 타면 '이제 이 세상은 오직 너의 무대'라고 작사가가 몰래 자신의 소원을 노랫말 속에 담아 놓았다.

　연애 시절 굉음을 내고 달리는 오토바이를 볼 때마다 나도 오토바이를 타고 애인을 뒷좌석에 앉혀 달려보고 싶었다.

　"내 허리를 꼭 껴안아!"

　지금도 아내가 예쁘게 보일 때마다 똑같이 말하면 아내는 측은한 눈빛으로, "아예 여자를 바꾸세요!"라고 쏘아붙인다.

　그러나 이런 생각은 나만의 엉뚱한 꿈이 아니라 웬만한 남자라면 한번쯤 꾸는 꿈이다. '서른 즈음에'의 가수 김광석도 십년이 지나 마흔이 되면 가장 하고 싶은 게 할리 데이비슨을 사는 것이어서 미리 돈을 꼬깃꼬깃 모아놓았다고 했다. 그는 오토바이 무게를 이겨내기 위해 몸무게를 늘릴 다소 황당한 생각도 하며, 머리 빡빡 밀고 금물 들인 옷과 가죽 바지에다 체인을 감고 세계를 일주하려는 계획을 세웠다.

그러니 이런 생각이 나만의 헛된 생각은 아니다. 영국에서 누가 할리 데이비슨을 사는지 추적해 보았더니 젊은이가 대다수일 거라는 예상과 달리 육십 대 이상이 생각보다 많더란다. 너무나 오토바이를 갖고 싶었으나 젊을 때는 시간이나 경제력이 되지 않았고, 둘 다 여유가 생기는 노년에 접어들자 비로소 숨겨놓았던 꿈이 되살아나 구매한다는 것이었다.

독일을 여행하다 실망하는 것 가운데 하나가 로렐라이 언덕이다. 나도 로렐라이 언덕을 찾느라 반나절을 허비하였는데, 무심코 지나친 야트막한 언덕이 그곳이었다는 사실을 알고서 느낀 허탈감을 어떻게 표현할 수 있으랴. 초등학교 뒷산보다도 못한 해발 백 미터를 갓 넘는 낮은 언덕을 '요정의 바위'라고 이름붙였거니와 브렌타노와 하인리히 하이네가 참 그럴듯하게 시를 지었구나 하는 생각이 든다. 어릴 때부터 우리는 무섭게 파도치는 절벽을 생각하며 로렐라이 노래를 얼마나 불러댔던가.

실망을 안고 남쪽으로 조금 내려오면 뤼데스하임이란 작은 마을이 나타난다. 텃밭이 포도밭인 수도원, 독일에서 가장 아름다운 골목길을 자처하는 티티새 골목과 와인박물관, 곤돌라를 타고 전망대를 올라가면 라인 강의 절경과 함께 통일을 기념해 두 해 뒤 1883년에 세운 커다란 게르마니아 여신상 등이 로렐라이에 상한 마음을 조금이나마 달래준다.

내가 뤼데스하임에 들렀을 때는 여름으로 접어든 토요일이었다. 둘은 로렐라이 언덕을 지나 작은 기차역에 내리자 깜짝 놀랐다. 마치 유럽에 있는 오토바이란 오토바이를 모두 모아놓은 듯한 장관이 펼쳐져 있었다. 할리 데이비슨에다가 야마하, 혼다 등일제 오토바이까지, 심지어 억대를 호가하는 차퍼(chopper)까지족히 천대가 넘는 오토바이가 온 동네를 채우고 있었다.

'매직 바이크 뤼데스하임(Magic Bike Rüdesheim)', 우리말로 하면 '뤼데스하임 폭주족 축제'였다. 거리에는 나에 비해 덩치가 곱절인 남성들이 가죽바지와 자켓을 입고 서성였다. 국방색 런닝 사

이로 독수리, 해골 등을 문신한 거구들과 부딪혀 봉변을 당할까 봐 나는 어깨를 잔뜩 움츠리고 마을로 올라갔다. 길가에는 늘씬한 여인들이 가죽바지를 입고 볼만한 것을 모두 드러낸 채 조그마한 황인종 둘이 올라가는 것을 신기하게 바라보았다. 나는 콜레스테롤 낮추는 약을 처음으로 개발한 일본의 의학자 앤도 아키라가 떠올랐다.

1966년 앤도 아키라가 미국의 뉴욕에 갔을 때 일본씨름 선수만큼 덩치 큰 사람들이 뒤뚱거리며 떼로 몰려다니는 것을 보고 놀랐고, 음식점에서 일본이라면 온 가족이 먹을 수 있는 나무 슬리퍼 두 짝만한 크기의 스테이크를 혼자 먹어치우는 것을 보곤 콜레스테롤 낮추는 약을 개발하기로 마음먹지 않았던가.

골목으로 접어들자 커다란 현수막이 앞을 가로막았다. 할렐루야가 아니라 '할릴루야(Harleyluya), 다시 말해 '할리 데이비슨을 찬양하라'라는 현수막이 걸려 있었다. 나는 폭주족 누군가 우리를 콕 집어 "어이, 여기 와 봐." 할까봐 박물관도 구경하지 못하고 골목을 지나 곤도라 승강장 부근에서 숙소를 잡으러 애썼다. 그러나 축제로 방은 이미 동나 우리는 주인에게 사정해 겨우 가족이 쓰는 다락방을 얻어 쪼그리고 잠잤다.

내가 그를 만난 것은 더위가 몰려올 듯한 비오는 초여름이었다.

신열에다 누런 가래가 나온다는 그의 가슴을 청진하니 왼쪽 가슴에서 가래소리가 그렁거렸다. 나는 얼른 가슴사진을 찍고 피검사를 하라고 말하고, 동시에 "어차피 입원해야 하니 수속을 미리 밟으세요."라고 권했다.

그는 어깨를 내린 채 한숨을 내쉬었다.

"약국에서 약 사먹고 한 달을 버텼으니 조금 더 참아 볼게요."

나는 그에게 언성을 높여 야단쳤다.

"아니, 숨쉴 때마다 고름냄새가 나는데 그게 무슨 말이에요. 얼른 입원하세요!"

그는 내게 뭔가 말할 게 있는 듯이 고개를 숙였다.

가슴사진을 보니 그의 왼쪽 가슴에는 온통 고름이 가득 차 있었다. 나는 부인에게 설명하고 빨리 볼펜 굵기만 한 튜브를 가슴속으로 넣어 고름을 뽑아내는 수술을 하기로 했다.

내가 수술실에서 옷을 갈아입고 있을 때였다.

"과장님!!, 과장님!!"

다급하게 고함지르는 소리가 들렸다. 윗도리만 겨우 갈아입고 수술방으로 뛰어 들어가니 그는 얼굴이 퍼렇게 변해 숨을 몰아쉬고 있었다.

"빨리 바로 눕혀!!"

나는 그를 바로 눕힌 다음 기도로 튜브를 넣어 한 움큼 가래를 뽑아내었다. 왼쪽 늑막주머니에 고름으로 가득 찬 사람을 모로 눕히니 구멍 난 기관지를 통해 고름이 반대쪽으로 넘어가 생긴 일이었다. 나는 얼른 왼쪽 가슴의 아래쪽으로 튜브를 넣었다. 젓갈 냄새가 공기와 함께 빠져나오며 생맥주 큰 컵 두세 잔 만큼의 고름이 나왔다.

우리는 환자를 이동침대로 옮겨 중환자실로 갔다. 염증이 확산되어 잘못될까 매우 걱정했으나 그는 다행스럽게도 중환자실에서 서너 날 치료하다 병실로 올라왔다. 그 이후에도 경과는 쉽지 않았다. 며칠 동안 신열이 병원 엘리베이터가 오르내리듯 했고 늑막에서 뽑아낸 고름에서는 대장균을 비롯한 잡균이 뭉텅이로 나왔다. 세균에 맞는 항생제를 주면서 열이 내리길 기다렸다.

"빨리 일해야 자식들 공부시키는데……"

"집도 이사해야 하는데……"

나는 어깨를 구부린 채 녹음기를 틀어놓은 듯 웅얼거리는 사내의 넋두리에 진저리가 났다.

"아이구, 살아서 퇴원하시면 그런 말씀하세요."

고름 가래가 줄어들어서도 늑막에서 튜브로 나오는 물이 맑아지지 않자 우리는 Y자 연결관으로 항생제를 주입해 늑막 주머니 속을 씻어내었다. 사내는 한 달 반이 지나서야 겨우 퇴원할 수 있었다.

내가 가슴에 박힌 튜브를 뽑을 때 기죽은 사내는 겁을 먹고 말했다.

"제발 아프게 하지 마세요."

나는 사내에게 어떤 말을 할까 고민했다.

"아니, 이게 뽑을 때 열 사람 가운데 대여섯은 아파서 기절하는 거예요."

이 말을 듣고 놀라 둥그레진 눈이 아직도 눈에 선하다.

한 주가 지나 사내가 외래로 오는 날이었다.

나는 가슴사진을 찍고 들어오는 낯선 남자를 보고 놀라 일어서고 말았다.

"어?"

그는 가죽바지에 오토바이 헬멧을 들고 있었다.

"보통사람들처럼 살아야 하는 줄 알았어요. 근데, 죽는 것보다 끔찍한 게 바로 그거예요. 이번에 죽을 뻔 했잖아요. 또 언제 잘 못될지 어떻게 알아요? 이제 나도 하고 싶은 거 하고 살 거예요."

나는 사내를 멍하니 쳐다보았다. 때는 8월이었다.

긴 머리 가시내를 하나 뒤에 싣고 말이지
야마하 150
부다당 들이밟으며 쌍,
탑동 바닷가나 한 바탕 내달렸으면 싶은 거지

용두암 포구쯤 잠깐 내려 저 퍼런 바다
밑도 끝도 없이 철렁거리는 저 백치 같은 바다한테
침이나 한번 카악 긁어 뱉어주고 말이지

다시 가시내를 싣고
새로 난 해안도로 쪽으로
부다당 부다다다당
내리 꽂고 싶은 거지
깡소주 나팔 불듯
총알 같은 별을 뚫고 말이지 쌍,

                              - 김사인, '8월'

05 어느 우울한 기억의 감정

　오늘날 두 가지 다른 주장이 의사들을 정반대 방향으로 몰고 있다. 의사들이란 모름지기 돈에 집착하지 않고 아픈 이들을 가족처럼 정성스레 치료해야 한다는 고전적인 의사의 모습과, 의사도 세금을 내는 사업가이니만큼 장사치처럼 떠들어대서라도 돈을 벌어 풍족하게 살아야 한다는 생각이 부딪히는 것이다. 더욱이 빠른 속도로 의료가 상업화되는 우리나라에서는 웬만큼 지각 있는 의사라면 누구나 한 번쯤 이런 상황에서 어떻게 균형추를 맞춰야 하나 망설일 수밖에 없다.

　나 역시도 처자식이 있는 남편이자 아버지인 만큼 드물지 않게 유혹에 흔들리곤 하는데 그때마다 나의 중심을 잡아주는 도구는 다름 아닌 물만두이다. 물만두라는 음식에는 태초의 의사가 그랬 듯이 하늘과 땅 사이를 날아다니는 중간자인 새처럼 하느님을 대신해 사람들에게 하늘의 생각을 전달하고 아픈 사람을 치료하라는 지상의 명제인 사랑이 담겨 있기 때문이다.

초겨울로 접어든 어느 날, 철 지난 옷을 입고 머리가 허옇게 센 할머니가 문을 열었다. 그녀는 연신 기침하느라 말을 잇지 못했고, 피가 나온다며 가래를 뱉았던 휴지를 펼쳐보였다. 내가 입원하라고 하자 그녀는 한참 망설이다 버티기 어렵다 생각했던지 결국 입원하기로 했다. 그녀는 오른 폐 아래쪽에 기관지확장증이라는 병을 앓고 있었다. 얼마나 오래되었던지 기관지가 온통 주머니 모양으로 변해 가슴 사진만으로도 기관지 속에 반쯤 고름이 찬 게 보였다.

"큰일 치르겠어요. 피를 뱉다 돌아가실 수 있어요."

나는 가족이 나타나지 않는 그녀를 걱정했지만 할머니는 입원할 때와는 달리 오히려 수술비는 걱정하지 말라며 나를 안심시켰다. 기관지확장증이란 외과 의사에게도 수술이 번거로운 병이라 마치 떡처럼 붙은 늑막을 떼어내느라 한바탕 전쟁을 치렀다. 나는 행여 당뇨가 심한 할머니가 잘못될까봐 많이 신경 썼다. 며칠이 지나 병원 옆 시장통에 있는 교회 목사님이 찾아왔다.

"홀로 사는 분인데 수술비를 대줘야 할 것 같아요. 한 번도 새벽기도를 거르지 않는 신앙심이 돈독한 할머니예요."

나는 목사님을 모시고 할머니가 입원하고 있는 병실로 올라갔다.

할머니에게 저런 면이 있었던가? 나는 눈을 의심했다. 할머니는 목사님을 보자마자 아기마냥 재롱을 부려 나를 당황하게 만들었다.

그날따라 오후에도 바빴다. 나는 오후 내내 이렇게 말하랴, 저렇게 말하랴 몸뿐만 아니라 마음까지 지쳐 웃는 겉모습과는 달리 속으로는 한숨이 나왔다.

"아니, 그런 건 그쪽 병원에서 물어보셔야죠? 큰 병원에서 모든 검사를 다해 놓고 설명을 나에게 해 달라 하니 어떻게 해요?"

답답한 마음에 이렇게 대꾸하고 싶었다.

그러나 말이란 힘을 잃으면 파랑새처럼 흔적을 남기지 않지만, 힘을 가지면 죽어가던 사람도 펄쩍 일어나게 만들지 않는가. 의사가 하는 말의 중요함과 위험성을 동시에 알기에 몇 번이나 입을 막았다.

그때 상도동 언덕에 절이 있는 비구니 스님이 나를 찾아왔다. 그 스님은 정말 고운 마음을 가진데다가 방송국에서 비슷한 시간대에 상담을 맡았던 인연으로 자신이 도와줄 사람이 있으면 간혹 나에게 연락했고, 나는 스님의 예산을 생각해 어떡하면 병원비가 적게 나오게 할 수 있나 고민하며 환자를 치료해 주곤 했다.

일주일 전, 스님이 부탁한 분을 수술했기에 함께 병실로 올라가 가슴에 청진기를 대고선 괜찮다며 어깨를 두드려주었다. 스님이 몸조리를 잘하시라며 두 손을 모을 때였다.

"우야꼬, 우리 스님 아잉교, 덕분에 재작년에 쓸개 떼어냈잖아. 우리 스님 없었으면 우째 되었을랑고."

소리치는 사람을 향해 고개를 돌리니 바로 몇 시간 전 목사님이 수술비를 대겠다던 그 할머니였다.

'아무리 궁금해도 기독교, 불교를 밥 먹듯이 바꿀 수 있단 말인가?'

나는 적잖이 당황했지만 한편으로는 그렇게 할 수밖에 없는 말 못할 사연이 있겠지 싶어 할머니에게 평소처럼 대해주었다.

다시 물만두 이야기를 해야겠다. 유비, 관우, 장비 등이 등장하는 삼국지의 무대인 2세기 무렵, 웬만큼 힘이 있으면 너도나도 나라를 위한다는 명분으로 싸우기 바빴다. 잦은 전쟁을 견디지 못해 여기저기로 떠도는 사람들이 넘쳐났고 전염병마저 돌아 죽은 사람이 속출했다. 더욱이 과일 나무가 열매를 맺기 전에 매서운 추위가 닥치고, 강은 얼어 물고기조차 잡기 어려운데다 엎친 데 덮친 격으로 엄청난 비가 내려 벼이삭마저 잠겼다. 그런데 메뚜기 떼가 덮쳐 남은 알곡마저 갉아먹자 굶어 죽은 사람들로 산을 이뤘다. 이 난리에 겨우 살아남은 사람들도 태반이 동상(凍傷)으로 귀가 얼어 떨어져나갔다. 이때 장중경이란 의사가 벼슬을 그만두고 고향으로 내려왔는데, 그는 겨릅대처럼 마른, 귀가 없는 사람들을 보고 매우 놀랐다.

장중경은 동네 한 가운데 큰 가마를 내걸었다. 그리곤 솥에다 양고기와 약초를 넣어 끓인 다음, 그것으로 소를 만들어 귀 모양으로 만두를 빚어 나누어 주었는데, 이것이 바로 우리가 즐겨먹는 물만두의 시작이다. 많은 사람들이 물만두를 먹고 후끈해져 얼은 귀가 감쪽같이 풀렸다니 물만두만큼 사랑이 듬뿍 담긴 음식이 어디 있으랴.

한동안 할머니를 잊었는데 어느 날 양아들이라며 멀리 화곡동에서 전화가 왔다. 당뇨가 심한 할머니가 아들딸 없이 후처(後妻)

로 살다 십년 전 쫓겨나 고생한 끝에 지난주에 돌아가셨다는 것이다. 병 치료할 돈이 없어 이 교회, 저 법당을 들락거리며 어렵게 살았다고 했다. 나는 누구를 말하는지 궁금했다.

"꼭 전해달라고 했어요. 병원마다 푸대접이었는데 난생 처음 사람대접 받았다구요."

그때서야 할머니의 얼굴이 떠올랐다. 진료 때마다 미지근한 커피를 보온병 뚜껑에 따라 주고 내가 마시는 것을 보곤 배시시 웃던 할머니, 그게 그녀가 나에게 갚을 수 있었던 유일한 행위였구나. 먹고 살기 위해 동작구, 도봉구를 거쳐 멀리 강서구까지 떠돈 할머니. 일인당 국민소득 삼만 달러의 시대에도 이런 사람들을 돌보는 것이 종교의 역할이자, 이 시대를 사는 의사들에게 맡겨진 임무가 아닐까 다짐한다.

06 여름날은
어떠했는지요?

    사계절이 뚜렷한 우리나라에는 계절에 대한 표현이 풍부하다. 봄이나 가을은 많은 시인들에게 영감을 주어 다양한 시와 작품들을 탄생시켰으나 다른 계절과 달리 여름에 관한 시는 그다지 많지 않다. 이는 감정을 불러일으키는 능력이 다른 세 계절에 비해 다소 약하기 때문으로 생각된다.

    그렇지만 여름이란 무한한 힘의 원천이자 지지치 않는 젊음의 계절이다. 계절을 삶에 비유해 보면 여름은 잘 나가는 시기, 인생의 전성기를 뜻한다. 그러면서도 교만과 욕망의 계절이라 어느 계절보다 자신을 통제하기 어려워 훗날 돌이켜보면 철 지난 바닷가에서 돋아나는 수박 싹을 보는 것처럼 안타까울 때가 있다.

    나는 젊었을 때 민감하고 예리하다는 말을 들었는데, 결혼하자 한풀 꺾였고 이제는 웬만하면 타협하고 잊어버리는 무던한 성격으로 바뀌었다. 나이 예순에 귀가 순해졌고, 일흔에 마음대로 행동해도 법도에 어긋나지 않았다는 공자의 말은 가을과 겨울을 맞는 나에게 적지 않은 교훈을 준다. 여름을 거쳐온 사람은 감정의 요동을 스스로 조절하게 되고, 삼라만상의 섭리를 깨달을 수 있다는 말일 것이다.

누구나 그렇듯이 나에게도 한참 잘 나가던 여름날은 있었다. 나의 여름날은 한국전력 한일병원으로 직장을 옮겼던 무렵 시작되었던 것 같다.

내가 첫 번째 맞은 환자는 공사장의 현장감독이었다. 그는 옥상에서 발을 헛디뎌 바닥으로 추락하여 폐에 물이 가득 차 심장이 멈추었으나 거의 한 달 만에 제정신, 제 몸으로 온전하게 돌아왔다. 그 후 방직기계 톱니바퀴에 끼여 오른쪽 발가락부터 빗장뼈까지 오징어처럼 눌린 여자를 두 차례 수술로 살렸으며, 심지어 장례식장까지 갔다가 숨이 붙은 것 같다며 데리고 온 청년을 살려내는 황당하면서도 놀라운 경험을 하기도 했다.

정말, 소세포폐암과 말기 암까지 닥치는 대로 수술하랴, 논문 쓰랴, 방송에 출연하랴 구두 뒤축이 닳도록 뛰어다녔다. 한해의 마지막 날에 제야의 종소리를 병원에서 들은 적도 한두 번이 아니었다. 그때는 내가 교만하여 아스클레피오스처럼 손만 대면 환자가 낫고, 하데스가 관장하는 명부(冥府)로 갈 사람마저 살려내는 양 거들먹거리곤 했다.

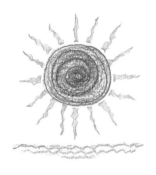

그러던 어느 날 나에게 예기치 않았던 사건이 닥쳤다. 하사관으로 퇴역했다는 남자가 아래쪽 가슴이 뻐근하다며 찾아왔다. 그는 하루에 두 갑씩 담배를 피웠고 두주(斗酒)를 불사할 정도로 술고래였다. 가슴사진을 찍고 소화기내시경을 해보니 식도 중간부터 아래까지 먹은 식도암이 발견되었다.

"암 덩어리가 커서 수술하지 않으면 곧 물도 못 드시게 돼요."

나는 가족을 불러 수술을 받고 완치된 사람들을 들먹이며 수술하라고 강권했다. 그러자 늘 그렇듯 가족의 질문이 이어졌다.

"박사님이 직접 수술하세요?"

"예, 직접 수술합니다. 식도는 심장보다 수술이 크다지만 저는 배와 가슴을 따로 열지 않고, 왼쪽 가슴과 배를 하나로 열어 수술합니다. 연세 드신 분에게는 수술시간이 짧은 것이 우선입니다."

지금 내가 수술을 권한다면 그렇게 자신 있게 말할 수 있을까? 또박또박 힘주어 말하는 의사의 자신감에 가족은 순순히 동의하였다.

나는 배를 먼저 열어 간장과 림프샘을 확인하고 가로막을 변두리로 열어 암을 제거하고 위장을 이용하여 식도를 다시 만들어주고 나왔다. 나이가 많아 다소 걱정되었지만 나는 그때 자신감으로 충만한 여름날이었다.

그런데 다음날 중환자실 문이 열리자 나는 놀라지 않을 수 없었다.

"충성! 박사님, 수고하셨습니다."

나는 일흔을 바라보는 남자가 큰 수술을 받고 다음날 정좌하여 힘지게 신고까지 하는 것을 보니 우쭐해졌다.

"십 수 년 의사를 하다 보니 식도 수술을 받고 다음날 경례를 붙이는 사람까지 보는구나."

이참에 나는 진료실로 가족을 불러 꼼꼼히 수술과정을 설명하였는데, "수술이 얼마나 잘 되었는지 다음날에 일어나 경례하는 사람을 처음 보았어요."라며 농담까지 주고받았다.

"그런데……, 이상한 것 같아요."

부인이 고개를 갸웃하며 말했다.

순간 스산함이 뒷골을 스치는 기분에 나는 가운을 날리며 중환자실로 뛰어갔다.

나는 목에서 가래 소리가 그르렁거리는 남자에게 기침하라고 했다. 그는 "기침"이라고 말했다. 나는 답답해서 소리를 질렀다.

"아니, '기침'이라고 말하지 마시고 기침해보세요."

아무리 기침하라고 해도 "기침"이라는 말만 따라했다. 심지어 가래를 캑하고 뱉으라고 하면 "캑", 콜록하라고 하면 다시 "콜록"이라고 되받았다.

'아뿔싸. 외상후증후군이구나.'

나는 인공호흡기를 준비하라고 간호사에게 이르고 목구멍으로 튜브를 넣었다. 남자는 여러 날 인공호흡기 치료를 했고, 나는 곁을 지키며 곰곰이 생각했다.

"나의 교만을 하느님이 내리치시는구나."

나의 여름은 가을을 가르치며 지나갔다.

천하의 명의 편작에게는 의사 형들이 있었다. 하루는 위나라 왕이 누가 가장 실력이 좋은지 물었다. 편작은 맏형의 의술이 가장 뛰어나며 작은형이 다음이라고 말했다. 그러자 위나라 왕은 의아해 편작에게 다시 물었다.

"맏형은 얼굴만 보고도 병이 나타날 것을 압니다. 그래서 형이 낫게 해 준 줄 모릅니다. 작은형은 덜 아플 때 미리 치료해 줍니다. 그러다 보니 사람들은 큰 병을 치료해 주었다고 생각지 않습니다. 저는 아주 아파야 비로소 알아봅니다. 그런데 사람들은 그런 나를 큰 병을 고쳐 주었다고 존경합니다."

언제나 빈 수레는 요란하고 벼는 익으면 고개를 숙이는 법인가. 유달리 눈이 잦고 추운 올해 겨울에 생각해보는 당신의 여름날은 어떠하였는지요?

서푼도 안 되는 사랑

사랑이란 지구상의 존재하는 단어 가운데 가장 중독성이 있다. 천자문에서 사랑을 생각할 사(思)와 헤아릴 양(量)으로 쓴 것을 보면 '끊임없이 생각하며 헤아린다.'는 뜻으로 짐작할 수 있다. 사랑은 흔하면서도 참 미묘한 감정인데 누군가를 사랑하는 것 자체가 사람을 기쁘게 만들고 그 대상이 떠나갈 때에는 하늘이 꺼지는 슬픔을 느끼게 된다.

정말 사랑이란 무엇일까? 뇌를 특수하게 촬영해 보면 사랑할 때 활동이 증가하는 뇌 부위가 막 이별을 한 사람에게도 비슷하게 나타난다고 한다. 사랑하다 헤어지면 지난 사랑을 잊어버려야 하는데, 잔인하게도 떠난 사랑을 한동안 더 갈망하게 된다는 것이다. 그래서 셰익스피어는 '사랑은 아주 거칠고, 잔인하고, 사나우면서도 가시처럼 찌르는 것'이라고 얘기하였다. 그러나 사랑은 원래 처음에는 감정이 전부이지만 나중에는 감정이 아니라 인내로 이어지고 습관으로 튼튼해지게 된다. 사랑이란 구워지고 태워져 시간이 흐르면 시작처럼 황홀하지 않다.

> 너무 구워지고 태워진 탓일까
> 당신과 보낸 시간에 길들지 못해
> 여름 감기보다 드물게 사랑이 오네
> 가을처럼 잡을 새 없이 지나가는 사랑을 보네
> 추운 늦가을 아침에
>
> - '당신이 사랑했던 남자처럼 / 아내와 나 · 여덟' 마지막 연

그렇다고 사랑이란 우리가 생각하는 것만큼 복잡하지도 않다. 한 때 '로미오와 줄리엣'이란 영화로 내 나이 또래의 사내라면 누구나 한번쯤 사귀어 봤으면 했던 여배우가 너무나 평범한 남자랑 결혼하자 기자가 물었다.

"왜 그 남자랑 결혼했어요?"

그녀는 대수롭지 않게 말했다.

"내 눈동자가 무슨 색깔인지 아세요? 그이는 나의 눈동자를 처음으로 바로 본 남자예요."

사랑이란 이렇게 단순할 수 있는 것이다.

사람들은 이성 간의 사랑이 마치 사람만이 가지는 권리인 것으로 착각한다. 그러나 '만물의 영장'이라고 자처하는 사람의 입장에서 생각하는 것처럼 어떤 동물도 닥치는 대로 교미하지는 않는다. 동물들도 사람만큼이나 상대를 가리는데 너무 나이가 많거나, 어리거나, 볼품이 없으면 대상에서 제외시킨다.

2012년 과테말라의 밀림 속에서 발견된 티갈에는 마야 제국의 지도자였던 태양왕 아사와 찬 카윌이 지은 두 개의 피라미드 신전이 마주보고 있다. 최근에 마야 말로 새겨진 비문을 풀어보니, 당시로서는 아주 엄장이 큰데다 여든 살까지 살았던 왕은 사랑했던 왕비가 죽자 왕비를 살아서도 죽어서도 만나기 위해 자신의 신전의 마주보이는 곳에 왕비를 위한 신전을 따로 지었다고 한다. 매년 봄과 가을, 낮과 밤의 길이가 같은 날, 왕비의 신전은 왕의 신전의 뒤쪽에서 떠오르는 해가 만든 그늘 속에 가려지게 되고, 해가 저물 때면 반대로 왕비의 신전의 그림자가 왕의 신전을 가리게 된다. 천 년이 지난 지금에도 왕과 왕비는 무덤에서조차 서로를 껴안고 입을 맞추고 있다.

문학청년 시절 함께 술을 마시며 시를 쓰던 선배가 있었다. 그는 신학대학을 나왔는데 어떤 이유에선지 목사가 되지 않고 조그만 사업을 하고 있었다. 나는 자주 선배를 만나 시에 대해 이야기

했는데, 그는 일상적으로 생각하는 것마저 종교적으로 기발하게 풀어냈다. 이런 능력은 의과대학생인 나에게는 생경한 것이어서 나는 선배를 만날 때면 '오늘은 또 어떤 이야기가 나올까?' 기대가 되었다. 게다가 한때 내가 좋아했던 '신의 정부(情婦)'라는 시집에 실린 시들이 전문적으로 신학을 공부하지 않은 나로서는 알 수 없는 내용들이 많았는데, 선배의 설명을 들으면 '아, 이런 뜻이었 구나!' 무릎을 쳤다.

나보다도 술이 약했던 그는 늘 먼저 술에 취해 흐늘거렸다. 나 는 선배가 잘못될까 걱정되어 종종 집까지 버스를 같이 타고 바 래다주곤 했다.

형수는 언제나 화장기 없는 얼굴로 고무줄 바지를 입은 채 나에게 고맙다고 말했다.

"미안해요. 다음에도 귀찮다고 생각지 말고 좀 데려다 줘요."

가난한 살림살이에 고집 센 선배와 사느라 적잖이 고생했겠지만 나만 보면 부끄러운 듯 배시시 웃는 형수의 얼굴에서 '아, 저게 바로 사랑이구나.' 하는 생각이 들었다.

그 형수를 다시 만난 것은 스무 해가 훌쩍 지난 늦은 봄날이었다.

"어? 예닐곱 해 전에 오른쪽 유방암을 수술 받으셨다구요? 아이구, 섭섭해라. 저에게 한번이라도 귀띔해 주시죠."

'일이 바쁘다는 핑계로 내가 형수에게 너무 소홀했구나.' 스스로 책망했다. 그녀는 오른쪽 빗장뼈 아래에 뭔가 만져진다고 했다. 나는 바로 가슴 컴퓨터 단층촬영을 했고 그쪽에 땅콩 크기의 무언가가 근육 가까이 있는 것을 발견했다. 암을 찾아내는 양전자방출단층촬영(PET-CT)을 하니 다행스럽게 그곳 말고 다른 곳은 깨끗했다. 바로 수술을 해 그것이 남아있던 유방암이 위쪽으로 옮겨간 것이라는 사실을 알아냈다. 나는 추가로 가슴에 방사선 치료를 받게 했고, 수줍음을 많이 타던 그녀에게 "이제 그전에 수술했던 병원으로 가서 잘 치료 받으시라."고 권했다.

그런데 좀 이상했다. 암이 있을 때 올라가는 종양표지자 검사를 해보니 담도나 췌장이 좋지 않을 때 올라가는 수치가 조금 올라가 있었다.

"이건 염증이 있을 때도 그럴 수 있어요. 난소가 안 좋을 때도 그럴 수 있구요. 그래도 한번 컴퓨터 단층촬영을 해보는 것이 좋겠어요."

바로 뱃속을 컴퓨터 단층촬영해 보았지만 아무런 이상이 없었다.

"너무 멀어서 더는 오시라 못하겠네. 근처에서 두세 달마다 검사하고 결과는 꼬옥-꼭 알려주세요."

선배는 종종 전화로 나에게 그렇게 높지 않은 종양표지자검사 수치를 알려주었다. 또 간혹 그 병원에서 컴퓨터 단층촬영을 해 확인한다고 말했다.

그러고 두 해 정도 되었을까. 선배가 숨을 헐떡이며 전화했다.

"황달이 와서 병원에 갔더니만 수술도 못할 정도래. 어떡하지?"

운이 없게도 볼펜심 굵기 만한 담도에 아주 작은 암이 생겼으니 황달이 나타날 때까지 아무런 증상이 없었던 것이었다. 결국 형수는 몇 개월 암과 싸우다 죽었다.

몹시 사랑했던 만큼 실망도 컸으리라.

선배는 한동안 밥도 잘 먹지 않고 술만 마시고 거의 폐인처럼 지냈다. 종교적으로 해결하려고 하였으나 성경의 한 구절도 눈에 들어오지 않았다고 했다. 그는 하느님을 원망했고 비오는 날마다 비를 맞으며 하늘을 향해 외로운 늑대처럼 울어댔다. 나는 선배가 삶을 아예 포기할까 적잖이 걱정되었다.

그런 다음, 반년 정도 흘렀을까.

나는 우연히 잡지를 보다 놀랐다. 바로 그 선배가 나온 것이었다. 제목은 바로 '하느님이 주신 여자'였다.

선배가 식음을 전폐하다 기절해 병원으로 실려갔다. 그러다 입원한 김에 위내시경을 했는데, 정말 우연히 위암이 발견되었다. 그래서 바로 수술했고, 수술한 다음 간병할 형수가 없어 간병할 사람을 불렀는데 열심히 간병해 주어 일찍 회복되었다는 것이다. 거기까지는 괜찮았다. 그런데 두 사람이 눈이 맞아 재혼하게 되었다는 것이었다. '하느님이 주신 여자'는 형수가 아니라 간병했던 여인이었다.

물론 외로움이란 외로운 친구를 옆에 두면 외로워질 확률이 높아질 정도로 전염성이 강하다.

'그러나 아니지. 정말 이건 아니지. 사랑이란 서푼도 안 되는 값싼 사랑이어서는 안 되는 거야, 선배~~.'

08 잔치 대신에 받은 수술

심장의 심(心)자는 우리가 아는 심장의 모습을 너무나도 똑같이 옮겨놓은 상형문자이다. 심장은 처음에 '심(心)'이라는 한 글자로 불리다가 언제부터인가 다른 장기와 비슷하게 어감을 맞추기 위해 오장 '장(臟)'자가 꼬리에 달렸다고 한다. 심장은 순우리말로 염통이라고 하는데 고어의 '념'은 만주어를 비롯한 북방어에 비슷한 말로 공통적으로 나타난다.

심장의 크기는 사람마다 다르다. 그러나 보통 꽉 쥐지 않은 자신의 주먹 크기와 얼추 같다고 할 수 있다. 오른손을 살짝 쥐면 모양과 혈관의 위치까지 비슷한 것을 볼 수 있다. 심장은 어머니 뱃속에서 한동안 정중앙에 자리하다 나중에 약간 왼쪽으로 돌기에 병원에서 가슴사진을 찍어보면 심장은 희게 가슴의 왼쪽에 보인다. 그러나 간혹 심장이 오른쪽에 있는 사람도 있는데 이 때문에 서부영화 같은 영화에서 왼쪽 가슴에 총을 맞고도 살아나는 스토리가 전개된다. 심장이 오른쪽에 있는 정상인도 있지만 많은 경우 다른 기형을 동반한다.

인간의 심장은 크게 네 개의 방으로 구성된다. 두 개의 작은 방과 두 개의 큰 방이 있는데, 우리는 작은 방을 '심방'이라 부르고 큰 방을 '심실'이라고 부른다. 각각 오른쪽, 왼쪽에 하나씩 있는데 오른쪽 심장은 허파로 피를 보내고 왼쪽 심장은 온몸으로 피를 보내기 때문에 왼쪽이 오른쪽보다 훨씬 몸집이 크다. 또한 각 방에서 나오는 곳마다 판막이란 문이 달려있어 피가 뒤로 가는 것을 막아준다. 따라서 심장에는 네 개의 판막이 있다. 오른쪽 심장의 심방과 심실 사이에 문짝이 세 개인 삼첨판막이 있고 폐동맥으로 가는 길목에 폐동맥판막이 있다. 왼쪽의 판막은 오른쪽 심장의 판막보다 더욱 크고 중요한 기능을 하는데 왼쪽 심실과 심방 사이에 큰 판막을 중세 수도사가 쓰는 모자랑 비슷하다고 하여 이름 붙인 승모판막이 있고 대동맥으로 가는 길목에 대동맥판막이 있다.

심장의 판막 중에서 가장 병에 잘 걸리는 판막은 승모판막이고 그 다음은 대동맥판막이다. 류마티스열 같은 염증에 걸리면 쉽게 판막이 두꺼워지며 망가진다. 또한 판막 중에 승모판막과 삼첨판막은 잡아당기는 줄 모양의 근육에 붙어 있어 이것이 끊어지거나 짧아져 병이 들곤 한다.

판막이란 한마디로 우리가 살고 있는 집의 방문과 같다고 할 수 있다. 그래서 판막에 병이 생기면 문이 잘 열리지 않고 문이 잘 닫히지 않기도 한다. 잘 열리지 않는 경우를 협착증이라 하고 잘 닫히지 않는 경우를 폐쇄부전증이라고 한다. 보통은 두 가지가 같이 동반되어 나타나는 경우가 흔하다.

수술은 판막의 변형이 심한 경우 인공 판막으로 갈아주는 수술을 한다. 인공 판막은 조직판막과 금속판막이 있는데 조직판막은 수명이 짧아 일반적으로 금속판막을 사용한다. 그러나 금속판막은 혈전증을 예방하기 위해 평생토록 약을 먹고 피의 농도를 조절해야 되는 불편이 있다.

해방 무렵 우리나라 국민의 평균수명은 겨우 마흔 살을 넘었다. 지금은 물경 사십 년 가까이 늘어나 팔십 세가 되고, 곧 백세시대를 예고하고 있다. 그러나 지금부터 몇 십 년 전만 해도 환갑은 장수(長壽)의 상징으로 잔치하여 바깥에 알리는 것이 상례였다. 요즘은 평균수명이 늘어나 환갑은 물론 칠순잔치도 하지 않고 여행을 가든지 선물로 대체하는 경향이 있다. 지금은 구순을 바라보는 나의 어머니도 환갑잔치 대신에 여행을 가셨는데 지금도 가끔 그때 여행에 대해 말씀하시는 것을 보면 참 잘했구나 하는 생각이 든다.

그러나 환갑은 맞는 사람의 입장에서 보면 의미가 다르다. 이

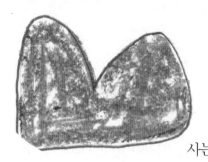

미 한 바퀴를 돌았다, 다시는 한 바퀴 더 돌지 못한다는 좌절을 경험하게 된다. 이로 인해 한동안 노년에 대해 더욱 욕심내거나 '이제는 덤으로 사는 거야.' 하며 만족하는 감정이 교차하다 결국 한 쪽으로 귀착한다.

평균수명이 늘어나다 보니 나이 많은 사람을 수술하는 경우가 많아졌다. 욕심이 많고 삶에 집착이 강한 성향의 노인이라면 오히려 의사는 편한데, 가족만 수술을 설득하면 되기 때문이다. 하지만 간단히 수술만 하면 충분히 건강을 되찾을 수 있는 경우인데도 환자 자신이 나이를 핑계로 인생을 포기하려 할 때 의사들은 참 난감해진다.

지나가는 사람들의 옷차림에서 어느새 추위가 닥쳐왔음을 느끼는 늦가을이었다. 환갑을 앞둔 한 아주머니가 숨쉬기가 어렵다고 진료실로 왔다. 오자마자 첫 마디가 이랬다.

"아들 둘, 딸 셋을 다 잘 키웠으니 이제는 죽어도 괜찮아."

아들은 어머니 말을 가로막았다.

"어머니께서 막무가내로 병원엘 가지 않겠다고 해서 혼났어요. 선생님, 좀 야단쳐 주세요."

그녀는 몇 년 전부터 숨이 찬 것 같다고 느꼈지만 늙어서 그렇겠지 하며 넘겨버렸다고 했다.

청진을 하니 심장 박동이 불규칙하고 심방이 바르르 떨림을 알 수 있었다. 가슴 사진에도 심장이 꽤 크게 나타났다. 심방중격결손증이 틀림없었다.

"선천성 심장병이 있는 것 같네요. 입원하셔서 수술을 받아야겠어요."

그러나 그녀는 절대 입원하지 않겠다고 버티며 말했다.

"예순이 된 할매가 무슨 선천성이야. 그런 심장병이 어디 있어!"

반시간 정도 외래에서 씨름하다가 아들의 강권으로 입원하였다. 심장초음파와 볼펜 심 굵기의 기다란 막대기를 넣어 심장과 핏줄을 사진으로 찍는 심도자검사를 하니 심방중격결손증이 확실했다.

심방중격결손증은 심장의 작은 방인 오른쪽과 왼쪽 심방 사이에 난 구멍을 말한다. 심실과는 달리 심방은 오른쪽과 왼쪽의 압력차가 크지 않기 때문에 증상이 심하지 않아 비교적 늦게 발견되는데, 남자보다 여자에게서 흔하며 여러 종류가 있으나 이 경우는 가장 흔한 형태였다. 심방중격결손증은 자라면서 저절로 구멍이 막히는 심장병이 아니기 때문에 수술해야 하는 병이다. 그러나 다른 심장병을 동반하지 않는 단순한 심방중격결손증은 다

른 심장병과 달리 심장에 분포한 전깃줄을 건드리지 않아 수술
후 좋은 결과를 보인다.

나는 그녀에게 심장수술을 하지 않으면 좋지 않을 거라고 말했
다. 그런데 그녀는 한사코 반대하며 엉뚱한 말을 했다.

"나, 수술 안 할껴. 이만큼 살았으면 됐지. 사람이 욕심이 많으
면 안 돼. 뭐 잘 났다고 그래. 또 아들, 딸 괴롭혀."

나는 답답한 마음에 소리를 질렀다.

"아니, 아들, 딸 잘 키웠다면서요. 잔치 대신 수술 해달라고 하
면 되지요."

그렇게 하여 겨우 심장수술을 하게 되었다. 심장수술은 보통
가슴 중앙을 열지만 이번엔 오른쪽 가슴을 열기로 했다. 가슴을
열어 대동맥과 우심방에 연결된 공정맥에 관을 꼽고 수술하는 동
안 심장과 폐의 기능을 대신하는 심폐기를 돌렸다. 나는 심방 중
간에 뚫린 구멍을 꿰메어 주고 수술을 끝냈다.

"어! 가슴 앞을 열지 않았네?"

실밥을 뽑는 날, 아주머니는 의아스런 표정을 지었다.

"처녀 수술을 하듯이 수술한 거예요. 상처가 얼마나 예쁜지 윗
도리 벗고 다녀도 되겠어요."

나는 나이 많은 사람을 수술을 할 때는 더욱 조심한다. 든 나이
도 서러운데 상처마저 예쁘지 않으면 더욱 서럽기 때문이다.

그때, 손자, 손녀들이 그녀를 찾아왔다.

'아! 참, 오늘이 그날이지.'

난 그제야 기억이 떠올랐다. 외래로 내려와 간호사에게 부탁해 조그마한 케이크를 올려 보냈다.

잔 다르크와 나이팅게일

어릴 적 나는 결핵성 늑막염으로 한 해를 쉰 적이 있다. 왼쪽 가슴 가득 물이 차 죽을 고생을 하다 극적으로 살아난 내가 흉부외과 의사를 하고 있는 것은 어쩌면 당연한 선택이었는지 모른다. 그 후 나는 큰 병은 물론 잔병치레도 하지 않았다. 비록 대학입시의 체력장에서 최하점이란 치명적인 점수로 약골이라고 국가공인을 받았지만 웬만한 힘든 일은 악으로 버티는 건강한 편에 속했다.

그런데 며칠 전 가슴 앞에 큰 종양이 있어 제거하는 수술을 마칠 즈음이었다. 갑자기 가슴 아래가 아프면서 등이 땅겨 숨을 들이쉴 수가 없었다. 겨우 환자의 가슴을 닫고 수술을 마무리하였다. 신열이 39℃까지 오르고 오싹오싹 한기가 났다. 약을 먹고 잠시 의자에 기대었는데, 내참, 그날따라 환자는 왜 그리 많고 날 찾는 전화는 또 얼마나 걸려오는지 한숨이 절로 나왔다.

"그래도 병실로 올라가 얼굴은 봐야지."

겨우 몸을 일으켜 병실로 오르는데 머리부터 발끝까지 땀으로 가운이 흥건할 정도였다. 몇몇 사람이 아픈 의사를 처음 보았는지 오히려 나를 걱정하며 휴지나 손수건으로 얼굴을 닦으라고 권했다. 어떻게 집까지 왔는지 모르겠다. 문이 열리자마자 바로 쓰러졌는데 잠시 후에 아내가 이마에 올려놓은 물수건 때문에 정신을 차릴 수 있었다. 나는 아내에게 가슴과 등을 좀 눌러달라고 하고 다시 깊은 잠에 빠졌다. 간혹 눈을 뜰 때면 아내가 물을 먹여주었으며 더운 수건으로 등을 찜질해 주곤 했다. 얕은 잠에서 별의별 생각도 다 하였다.

"내가 수술했던 환자들도 다들 이렇게 가슴이 아팠을 텐데 내가 모른 체 하지 않았을까?"

"치료한답시고 매몰찬 말로 섭섭하게 하지 않았을까?"

다음날 새벽에 눈을 뜨니 아내가 얼굴을 만지며 귓속에 체온계를 대고 있었다.

"이제 좀 나아요?"

내가 아플 동안 아내는 자지 못하고 줄곧 쪼그리고 앉아 있었던가 보다. 나는 아내의 말을 듣고 다시 눈을 감았다.

아마도 간호란 이런 것이리라. 낯선 사람을 위해 제대로 잠도 자지 못하고, 약도 먹여주고, 빨리 낫게 하기 위해 자신을 희생하는 직업이다. 흉부외과라는 특수한 분야를 하다 보니 수련을 받을 때부터 여러 병원을 거쳐 지금 있는 병원에 이르기까지 거의 중환자실에서 살다시피 해, 하루 일과를 중환자실에서 간호사들과 함께 커피를 마시면서 시작한 날도 하루 이틀이 아니었다. 아무런 이유도 없이 욕을 듣거나 심지어 맞으면서도 묵묵히 아픈 사람들을 돌보는 간호사도 보았고, 수술 후 오랫동안 병과 싸우다 안타깝게 죽은 환자를 보내고 기둥 뒤에서 몰래 우는 간호사도 보았다. 그래서 나는 간호사에 대해 이야기하라고 하면 이런 희생적이고 다정다감한 간호사상이 먼저 떠오른다.

나도 많은 간호사로부터 너무나 많은 도움을 받았다. 내가 파악하지 못한 결정적인 정보를 간호사가 알려 주어 환자를 살린 적도 한두 번이 아니었고, 지금처럼 심장마사지 기계가 개발되지 않았을 때 심장마사지까지 의사와 번갈아서 같이 했던 의무감으로 무장된 간호사도 보았다. 심지어 모니터로 엑스레이를 보지 않던 시절 방금 찍은 촬영필름을 빨리 보여주기 위해 달려오다 계단에서 굴러 온통 멍이 든 간호사도 있었다.

이런 적도 있었다. 우리 몸속 가장 굵은 혈관인 대동맥은 동맥경화 등으로 울퉁불퉁해지면 벽이 얇아져 터질 수 있다. 꽤나 많은 재산을 가진 재단 이사장이 안타깝게도 뱃속 대동맥이 불어나고 터지게 되는 복부 대동맥류 진단을 받았다. 그는 딸만 여럿 있다가 말년에 아들을 보아 외아들의 나이가 스물도 되지 않았고 사위들과는 삼십년 이상 차이가 났다. 사공이 많으면 배가 산으로 올라간다고 했던가. 당시는 혈관 스텐트가 개발되지 않았을 때여서 수술을 하자고 권했으나 엄청난 재력가인 장모 눈치만 보며 서로 망설이다가 그만 터져버렸다. 우리는 급히 수술실로 침대를 밀고 들어가며 장인이 죽어도 다른 말을 하지 않겠다는 서약을 여러 사위들에게서 받았다.

수술은 정말 잘 되었다. 그런데 한동안 혈압이 낮았던 터라 안쓰럽게 콩팥의 기능이 돌아오지 않았다. 그래서 혈액투석을 하다가, 복막투석을 하다가 끝내 재산을 어떻게 나누라는 한 마디 유

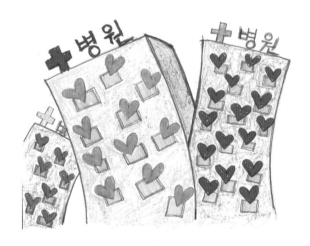

언 없이 돌아가시게 되었다.

그러자 장모 앞에서 첫째 사위가 갑자기 나에게 욕을 하면서 먼저 달려들었고, 결국 여섯 사위가 모두 쌍욕을 하며 충성경쟁에 가담하였다. 나는 하얀 가운의 단추가 뜯어진 채 위협과 구타를 몸놀림으로 적절히 피해가면서 위기를 모면해야하는 급박한 상황이 되었다. 의사 몇이 있었으나 사위들의 위세에 눌려 감히 나서질 못했다.

"제발 이러지 마세요. 선생님이 무슨 잘못이 있어요!"

어디선가 소리가 들렸다. 마치 잔 다르크처럼 나타난 여인은 다름 아닌 중환자실에서 가장 내성적인 박 간호사였다. 나는 이 틈에 아들 뒤에 숨어 사위들의 억센 주먹을 모면하였지만, 박 간호사가 당한 수모는 이만저만이 아니었으리라.

이렇게 나는 헤아릴 수 없을 정도의 많은 도움을 간호사들로부터 받았다. 또 열악한 환경을 감수하며 노력하는 간호사상을 마음 깊숙이 지니고 있다.

우리나라 의료 규모가 커지면서 더욱 간호사들의 역할이 늘어나고 있다. 의료는 자그마한 실수도 용납되지 않기에 이중, 삼중으로 잠그듯 철저하게 감시하고 여러 개의 굳건한 자물쇠를 간호사들이 맡아 간호 영역을 넓히고 우리나라 의료의 발전에 굳건한 축이 되길 바란다.

두 번째 이야기

팔순 할아버지 격투기 선수

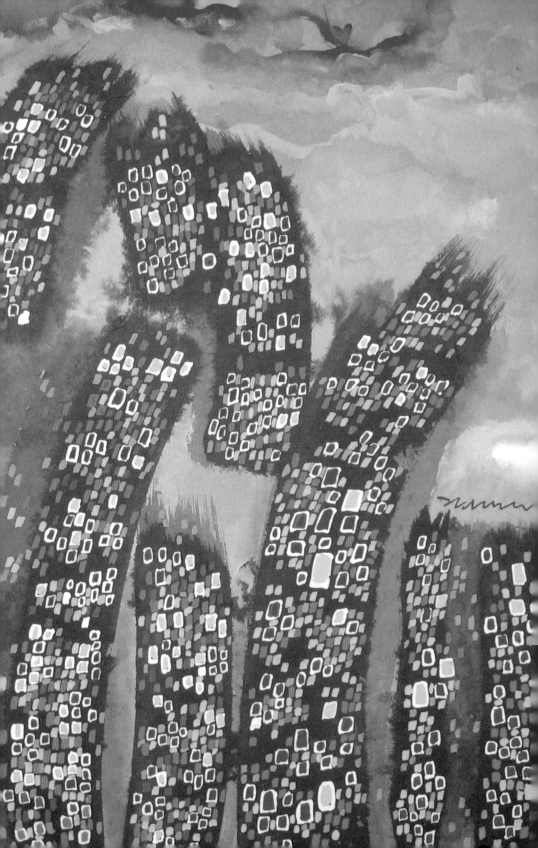

가느다란
내 다리 ⑩

로마 신화에서 Mars(화성)는 군신(軍神) 이름이고 Venus(금성)는 미(美)의 여신 이름이다. 화성과 금성은 각각 지구의 바깥쪽과 안쪽을 도는 행성으로 남녀가 서로 다른 행성에서 지구로 온 것처럼 다르다며 쓴 '화성에서 온 남자, 금성에서 온 여자'라는 책이 무려 사십여 나라 말로 번역되어 지금까지 오천 만부 이상 팔렸다고 한다.

남자와 여자는 첫째, 선천적 소인으로 유전적, 생물학적 요인에 의해 차이가 결정된다는 주장과, 둘째 문화나 교육 등에 의해 영향을 받는다는 주장이 있다.

그렇다면 남녀의 차이는 어느 정도일까? 일반적으로 남자는 한 가지 일에 집중하며, 여자는 동시에 여러 일에 능숙하다. 남녀가 서로 다른 뇌신경 연결 구조를 가지고 있기 때문에 여자는 직관

적 분야의 일을 잘하고, 남자는 여자에 비해 공간지각 능력이 뛰어나다. 남자가 오른쪽·왼쪽 신경 연결이 더 많은 곳이 소뇌여서 여자보다 운동이나 주차를 잘한다.

남자와 여자의 얼굴을 비교해 보면 남자의 코는 여자의 코보다 약 10% 정도 크다. 일반적으로 남자가 여자보다 근육의 양이 많고, 이러한 근육 세포의 유지를 위해 남자가 더 많은 산소가 필요해 코가 더 커졌다. 이러한 남녀 코의 크기 차이는 사춘기를 전후로 하는 열한 살 때부터 눈에 띄는데, 이때부터 남자는 더 많은 근육을 발달시키고 여자는 더 많은 지방을 몸에 축적한다. 사춘기 남자의 몸무게의 약 5%가 지방인 반면, 여자는 남자의 약 세 배가 된다. 그래서 남자와 여자는 체중이 비슷할 경우 여자의 힘은 남자의 팔십 퍼센트에 불과하다. 상체의 힘만으로 보면 여자의 힘은 남자의 절반을 조금 넘는다. 이런 해부학적 능력뿐만 아니라 남녀는 의사를 전달하는 방법이 다르고, 생각하고, 느끼고, 지각하고, 반응하고, 행동하는 것까지 모두 다르다.

아버지와 어머니의 연애 이야기를 잠깐 해야겠다. 육이오 참전 장교였던 아버지는 초등학교 교사였던 어머니를 보자마자 반해 주말마다 먼 거리를 만나러 다녔다. 어머니는 예배당에서 찬송가 가락에 메트로놈처럼 몸을 흔드는 아버지가 멋있어 결혼하겠다고 맘먹었다고 한다. 내 참, 아버지는 음치라 박자를 맞추기 위해 그랬을 것인데 어머니가 크게 착각했던 것이다. 몇 번을 만났던 어느 날, 시인이었던 아버지는 어머니에게 책을 주며 다음 주에 만나자고 했다. 그 책은 러시아 작가 토스토옙스키의 '카라마조프가의 형제들'이었다. 어머니는 두텁고 지루한 책을 매일 밤 잠을 줄이며 모두 읽었다. 그 다음 만났을 때 아버지는 어머니에게 남저음(男低音) 목소리로 물었다.

"이 책 속의 집안처럼 되지 않게 할 수 있나요?"

어머니는 고개를 끄덕였는데 그게 바로 아버지의 프로포즈였다.

그러나 난 아버지가 책을 잘못 골랐다고 생각한다. 나라면 연애소설을 선물하고 "여기에 나오는 여자처럼 할 수 있나요?"라고 물었을 것이다. 하긴 책이 귀했던 시절에 겨우 구한 일본어 소설이니 다른 소설을 고르기도 어려웠을 것이다.

어머니는 가난한 군인과 결혼한 후 아버지의 청교도적인 청빈 때문에 고생했다. 아버지 수입은 어머니의 씀씀이를 늘 따라잡지 못했다. 첫해 추석날 저녁, 아버지는 우는 어머니를 보고 놀라 물었다.

"뭐 슬픈 일이 있어요?"

이때 어머니의 대답이 걸작이었다.

"태어나서 처음 추석빔을 받지 못했어요."

아버지는 보름달을 빤히 쳐다보더니만 긴 한숨을 쉬었다고 한다.

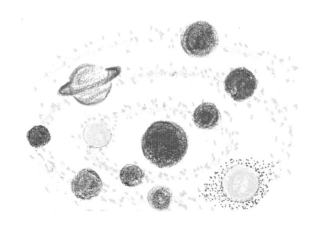

　아버지는 참 정이 많은 사람이었다. 전쟁에서 남편을 잃고 노상에서 장사하던 아주머니를 도와주었다. 어느 날, 아주머니가 똑똑한 첫째 딸이 공부를 그만둔 것을 하소연하자 아버지는 아예 딸을 부산으로 데려와 공부시키고, 취직시키고 결혼시켰다. 나중에 그 딸은 방송통신대학에서 공부해 유치원을 차렸다. 나는 딸을 누나라고 불렀는데, 누나는 우리 집이 갑자기 어려워져 서울로 올라올 때 엄청난 짐을 오랫동안 도맡아 보관하였다. 나는 간혹 짐을 관리하기 위해 부산 대저동으로 가곤 했는데, 나의 등단시 '을숙도 이후'도 그곳에서 썼고, 내가 지금의 아내를 사랑하게 되었다고 맨 처음 얘기한 사람도 그 누나였다.

나는 나의 두 번째 책 '가슴 아픈 여자, 마음 아픈 남자'를 누나에게 보냈는데, 그 책을 읽고 연락이 왔다. 몇 년 전 유방암 수술을 했던 누나는 오랫동안 약물치료를 받았지만 그만 재발하고 말았다. 공과대학을 나왔던 자형은 별별 치료해도 효과가 없자 지금처럼 온열치료기가 개발되지 않았을 때 아내를 스스로 치료하겠다며 숯가마에 넣어 정상세포보다 열에 약한 암을 죽이고자 시도했다.

"의사가 야단쳐 줘. 남편이 날 죽일 뻔 했어. 난 정말 산 채로 화장되는 줄 알았다니까."

병을 앓으면서도 누나는 아직 유머가 남아있었다.

"늑막에 물이 찼는데 아무리 해도 낫질 않아. 근데, 보내준 책을 읽다보니 암으로 늑막에 물이 찬 사람을 치료하는 것이 나오더라. 그래서 올라왔어."

나는 반갑다며 손을 잡고 말했다.

"그건 부산에서도 다 하는 거예요. 그 때문에 올라왔어요?"

나는 그녀의 가슴에 가느다란 튜브를 넣고 물을 뽑아 검사했다. 늑막에 고인 물에 암세포가 가득 숨어있었다. 늑막에 퍼지면 얼마 살지 못하기에 나는 가능한 한 빨리 치료하여 부산으로 내려가게 하고자 약물을 넣어 늑막을 말리는 작업에 들어갔다. 퇴원할 때쯤 되었을까? 누나가 말할 게 있다며 급하게 오라는 것이었다. 나는 무슨 큰일이라도 생겼는지 걱정되어 흰 가운을 휘날리며 뛰어 올라갔다.

누나는 나에게 이불로 덮었던 다리를 꺼내 보이며 말했다.

"예뻤던 내 다리가 이렇게 가늘고 말랑말랑해졌어."

누나의 두 눈에서는 구슬 같은 눈물이 쏟아졌다.

나는 누나의 다리를 주무르며 확신에 찬 목소리로 말했다.

"암은 근육의 양으로 투병하는 거예요. 특히 유방암은 운동하면 아주 좋아져요. 자, 운동합시다. 다리가 다시 통통하게 예뻐지고 암도 나아야죠."

나는 병실 문을 닫으며 고개를 갸우뚱했다.

'정말 여자들은 금성에서 온 것일까?'

머리를 자주 빗는 이유 11

"사각의 링 위에서 자신을 찾는다."

내가 좋아하는 권투선수 로베르토 듀란이 한 말이다. 그는 체급을 통틀어 어느 선수와 비교해도 강펀치로 평가되는데 그의 주먹에 한번 맞으면 골리앗도 견디기 힘들다고 하여, 별명이 핸즈오브 스톤(Hands of Stone), 우리말로 돌주먹으로 불리었다.

듀란은 파나마 빈민가에서 태어나 아버지마저 가출하자 어릴때부터 살기 위해 온갖 일을 마다하지 않았다. 불우했던 꼬마는 자신을 괴롭히던 덩치 큰 동네 형들을 주먹 하나로 평정하면서 '거리의 망나니'로 떠올라 권투와 만나는 계기를 만든다. 그래서 그는 여덟 살 때 링에 오르고, 열여섯 살에 프로 선수로 나서 승승장구하는데, 4라운드로 치러진 첫 번째 경기만 판정으로 이겼고, 두 번째 경기부터 열 번을 이길 때까지 모두 KO로 승리해 사람들을 놀라게 했다.

듀란은 도망다니면서 치고 빠지는 아웃복서가 아니라 물러서지 않고 파고들어가는 인파이터로, 그의 돌주먹에 걸리면 상대 선수는 맥없이 바닥에 꼬꾸라졌다. 그는 1968년부터 2001년까지 사각의 링에 올라 마침내 라이트급에서 미들급까지 네 체급이나 석권한 챔피언이 되었다.

듀란은 1972년 세계복싱협회 라이트급 챔피언에 26전 26승(24KO)로 올라 무려 열두 번의 방어전 가운데 열한 번을 KO로 이겼다. 이후 체급을 올려 1980년 슈가 레이 레너드와 붙어 챔피언이 된다. 그러나 프로모터가 자신도 몰래 무리하게 재대결 날짜를 잡아 삼 개월 동안 17킬로그램을 빼야하는 악조건에 링 위에 올라 "노 마스(No Mas!:스페인 말로 더 이상 안하겠다)", 우리말로 말해 "더러워서 못해 먹겠네."를 외치며 8라운드에 시합을 포기한다.

이후 듀란은 급격하게 하락세를 타게 된다. 그러나 그는 트레이너이자 정신적 멘토였던 미국인 레이 아르셀의 도움을 받아 다시 세계 정상에 오른다. 레이 아르셀은 파나마에서 반미(反美)감정이 깊던 시절 그와 티격태격하며 듀란을 챔피언으로 만들었던 사람이다.

그는 레이 아르셀에게 물었다.

"왜 라운드와 라운드 사이 쉬는 시간마다 머리를 빗으로 빗겨

줍니까?"

아르셀은 이렇게 말했다.

"머리를 빗겨주면 말이야. 언제나 사우나에서 목욕을 하고 나온 것처럼 단정한 거야. 강한 복서가 아무리 때려도 상대가 반듯하면 지레 겁먹고 손을 드는 거지."

이 말을 듣고 듀란은 마음가짐과 외모가 얼마나 강력한 힘을 가지는지 알고 다시 마음을 잡는다.

아침에 예정되었던 수술이 이유도 없이 연기되어 점심시간 직전에 수술이 시작되었다. 그는 사십대 후반의 남성이었는데 오른쪽 젖꼭지보다 조금 위에 몇 달 전부터 불룩한 기분이 든다고 나를 찾아왔다. 가슴 컴퓨터 단층촬영을 해보니 오른쪽 네 번째 갈비뼈 끝부분에 호두보다 큰 종양이 있었다. 혹시 갈비뼈 결핵인가 의심되었지만 그러기엔 너무 단단한 종양이었다. 우리는 소독한 다음, 오른쪽 젖꼭지를 피해 유방선 주름을 따라 살갗을 한 뼘 반 열었다. 피하조직 밑으로 앞가슴 근육을 파고드니 갈비뼈와 함께 아기 주먹만한 종양이 머리를 내밀었다. 울퉁불퉁하고 단단해 양성 종양보다는 암이 의심되었다.

그럴 때는 보통 위아래 갈비뼈를 한두 개 더 제거하고 종양과 적당한 거리를 두어 덩어리를 통째로 잘라내어야 한다. 나는 위아래로 갈비뼈 하나를 더 박리하여 종양에서 손가락 한두 마디 정도 띄우고 먼저 앞쪽 갈비근육을 박리하여 갈비 사이의 핏줄인 동맥과 정맥을 묶고 양끝을 절단했다. 다음엔 옆쪽으로 두 마디 정도 띄우고 같은 방법으로 핏줄을 묶었다. 그다음엔 갈비뼈를 자르는 기구를 이용해 세 번째부터 다섯 번째 갈비뼈까지 잘라냈다.

위아래 갈비뼈와 함께 종양을 들어내니 앞가슴이 휑하니 비어 있었다. 우리는 인조섬유를 두 겹으로 튼튼하게 덧대어 갈비뼈와 갈비근육을 녹지 않는 굵은 실로 꿰매 막아주었다. 나는 가슴 속으로 음압으로 만들어주는 튜브를 넣고 가슴을 닫고 살갗을 꿰매지 않고 지퍼로 잡아당기고 나왔다.

큰 수술은 아니었지만 수술하고 나오니 머리칼은 수술모자에 눌려 가라앉았고 온몸은 땀으로 젖어있었다. 아침부터 수술을 기다린 터라 바로 병동을 돌기로 했다. 나는 세수를 하고 물을 묻혀 머리카락을 세웠다. 머리를 빗을 무렵 여의사가 준비되었다며 진료실 문을 두드렸다.

나는 머리를 빗다 말고 다 되었다며 가운을 입고 밖으로 나왔다.

"제가 여쭤볼 게 있어요. 왜 회진 돌기 전에 꼭 머리를 빗으세요?"

나는 갑작스런 질문에 무엇이라 대답해야 할지 망설였다.

아직도 많은 의사들이 마치 불의를 무찌르듯 질병을 물리치는 기사(騎士) 역할을 맡고 싶어 하지만 지금은 의술의 황금기가 아니다. 의사들은 의술을 올바르게 펼치기 원하지만 사회의 분위기에 힘없이 밀려나고 있다. 그러나 의술이란 가장 아플 때 사람들을 돌보는 것이기 때문에 다른 직종에서 의사를 부러워하고 어느 누구도 의사들에게서 이런 만족감을 앗아갈 수는 없다.

요즘 의사들은 자신의 앞날과 사회가 의사를 대하는 태도에 대해 불만스럽게 이야기한다. 이런 것은 의사에게만 나쁜 것이 아니라 환자는 물론 우리 사회 전반에 해가 된다. 여기까지 이른 데는 의사들에게도 책임이 없지 않다. 의사들의 사주(四柱)가 급격하게 떨어지고 있다는 한 역술가의 농담도 그냥 넘길 게 아니다.

의사들의 상징이자 권위를 나타내는 흰 가운을 입기 시작한 것은 얼마 되지 않았다. 몬트리올 종합병원의 외과 의사이자 의사협회 회장이었던 의사 조지 암스트롱(George Armstrong 1855~1933)이 처음으로 환자는 물론 다른 직원들과 구분하기 위해 하얀 긴 가운을 입게 한 것이 시작이다. 그때가 어떤 원인이든 의사의 위상이 위태로웠으며, 그런 상황에서 의사의 위상을 높이기 위해 흰 가운을 입게 한 것으로 알려져 있다. 그래서 1948년 세계의사협회가 시작한 히포크라테스 선서도 의사들이 모두 흰 가운을 입고 선서하고 있다.

그러나 의사들은 변화를 스스로 따라잡지 못하고 있다. 그들은 아직도 자신이 기사 역할을 맡아 아픈 사람들에게 구세주가 될 것이라는 생각에 사로잡혀 있다. 그래서 라운드티에 청바지를 입고 진료하는 의사들도 많고, 그들은 그렇게 하면 의학드라마에 나오는 배우처럼 멋있고, 아픈 사람들이 우러러 볼 거라고 착각한다. 그들은 싸구려 슬리퍼를 질질 끌며 진료하고 운동화를 신고 병동을 돈다. 또 그들은 아무데서나 수술복을 걸치고 다니며, 담배 냄새를 풍기면서 아픈 사람에게는 담배를 끊으라고 소리친다.

병실을 돌고 오니 진료실에 예약한 사람이 기다리고 있었다.

그는 양쪽 허파가 터져 양쪽을 모두 흉강내시경으로 수술했던 남자였다.

"오래 기다리셨지요?"

그는 피식 웃으며 말했다.

"심심해 담배 한 대 피우고 왔어요."

나는 깜짝 놀라 소리쳤다.

"담배를 피우시면 안 되시는 거 아시잖아요!"

그런데 그는 오히려 빈정대며 말했다.

"뭐, 제가 담배 피우는데 옆에서 의사들도 가운 입고 피우던데요. 병원 전체가 담배 피우면 안 되는 곳 아네요? 참, 의사들은 신사인 줄 알았는데 넥타이 멘 의사도 별로 없어요. 등산화 신고 있는 의사도 있던데요. 병원이 높아서 산인 줄 아나 봐요."

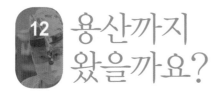

용산까지
왔을까요?

12

    의사들이 암에 걸린 사람을 치료하다 보면 마치 가족인양 감정이 이입되어 낙관적으로 예측하는 경향이 있다. 곧 죽을 사람도 좀 더 살 수 있을 거라고 기대하기도 하는데, 이러한 태도는 환자에게 희망을 주어 수명을 연장시키는 순기능(順機能)도 있지만 자신의 삶을 정리하고 편안한 죽음을 맞을 기회를 빼앗을 수도 있다. 죽음이란 참 어렵고, 예측하는 것도 쉽지 않다.

    고기를 낚다 말고
    깊이를 재어 본다
    한 뼘, 두 뼘
    날마다 재는 일인데도
    이승의 목숨을 재는 것 같아 목이 가렵다

어렵지 않지만
찌를 보다 말고
바다의 깊이를 재는 것은
물고기를 헤아리는 것보다
숨통을 다그친다

한 뼘, 두 뼘 내려가는 바다
한 발짝, 두 발짝 얼른 다가서는 죽음

- '낚시질의 행복/해족도설海族圖說 · 하나'

　의사들이 환자의 여명을 정확히 예측하는 경우는 다섯 가운데 한 명밖에 안 되고, 그것조차도 실제보다 짧게 예측했고, 나머지는 상당히 길게 예측했다는 통계가 있다. 또 젊은 의사보다 경험 많은 나이든 의사들이 훨씬 더 정확하게 예측했다고 한다. 그러나 현실에서 보면 일주일 안에 사망할 것을 예측하는 일은 의사가 임종을 자주 보는 목사, 신부나 스님 같은 종교인을 따라잡지 못한다.

　외국에서는 삶과 죽음은 하느님이 결정하는 것으로 생각해 남은 목숨에 대해 의사에게 묻지 않는다. 그래서 의사는 기껏해야 교과서에 나오는 정도의 여명만 말해준다. 그러나 우리나라 환자나 가족들은 세계에서 유래 없이 의사가 무슨 점쟁이인 줄 아는지, 진단만 되면 이렇게 의사들을 당황하게 만든다.

"얼마 남았어요?"

의사들이 죽음을 예측하는 것은 쉬운 일이 아니다. 죽음의 정확한 시기는 개인차가 크고 육체적인 상태뿐만 아니라 성격이나 사적인 일정에도 영향을 받기 때문이다.

대학병원에서 일흔이 넘은 남자가 우리 병원으로 다시 온다는 연락을 받았다. 그는 왼쪽 가슴 속에 물이 차 우리 병원 내과에 입원했는데, 늑막에서 나온 물에서 암이 의심되었지만 암세포가 발견되지 않았다. 그는 암과 결핵은 물 속 백혈구의 성분이 비슷

해 늑막 결핵으로 치료 받던 중 좋아지지 않자 대학병원으로 옮겨갔고, 그곳에서는 선암이라고 밝혀졌다. 물론 처음 생긴 폐암(원발암)은 엄지손톱만 했지만 선암은 전이가 먼저 일어날 수 있기에 늦게 진단된 안타까운 경우였다.

"암도 제대로 진단하지 못하는 병원이 어디 있어?"

그 사정을 제대로 알지도 못하면

서 가족들과 친구들은 강경하게 우리 병원을 비난했다.

그는 대학병원에서 가슴에서 물을 빼내는 수술을 받았는데 담배를 오래 피웠다보니 허파가 터져 펴지지 않았다. 가족은 내키지 않았으나 울며 겨자 먹기로 다시 우리 병원으로 돌아온 것이었다. 왼쪽 가슴에 튜브를 가지고 있고, 숨도 찼지만 그는 역시 높은 위치에 있었던 것을 짐작할 만큼 품위가 있었다. 그러나 가족들이 내뱉는 첫마디가 나를 허탈하게 만들었다.

"허파만 펴지면 대학병원에 갈 거예요. 그것만 치료해 줘요."

대학병원에서 가져온 자료를 보니 먹는 항암제는 쓸 수 없는 상황이었고, 혈관을 따라 허파에도 퍼져 폐렴이 생긴 상황이었다.

"항암치료하다 왔으니 빨리 대학병원으로 보내줘요."

"예~, 빨리 보내드려야죠."

나는 가족들에게 더 이상 물을 만들지 못하게 늑막을 붙이는 시술을 해야 한다고 말했다.

"전에는 마이신이라고 불렸던 약부터 이상한 번호를 붙인 약물까지 여럿 있었지만 지금은 몇 없어요. 암이니까 미슬토, 겨우살이라고도 하지요, 그걸 가슴 속에 넣어 터진 구멍을 때워 빨리 대학병원으로 기시지요."

나는 약물을 설명하고 가족에게 승낙서를 받으려고 했다.

"하지 마세요. 교수님 승낙을 받아야 해요."

나는 말문이 막혔지만 참았다. 며칠 후 가족들은 교수의 허락이 났다며 찾아왔다.

"두 차례 항암치료 받고 축 처진 환자를 다시 항암치료하려면 한참 걸릴 것 같아요. 기다리는 동안 그 약을 배에다 맞을까요? 한의학에서도 곡기생이라 부르고요. 우리나라에도 많은 사람들이 끓여 드시고 있어요. 그러나 분자가 크기 때문에 흡수력을 높이기 위해 배에 주사하는 거예요. 다시 말해, 면역을 올리는 항암제인데 이 주사를 맞으면 돌아가시기 두 주 전까지 웬만한 활동이 가능해요. 삶의 질을 올린다고들 하죠. 간단히 말하면 입으로 드시고, 스스로 대소변을 가릴 수 있다는 말이에요."

"하지 마세요. 교수님 허락을 받아야 해요."

나는 참다 참다 언성을 높였다.

"아니, 아버지가 시간이 많은 줄 아세요. 대학병원에서 어떻다고 해요?"

그녀들은 내 말에 놀라 움칠하더니 나에게 말했다.

"항암치료 잘 받으면 좋다고 했어요."

나는 다시 물었다.

"부산에서 기차 타고 서울까지 온다면 어디까지 왔다고 해요?"

가족들은 자신에 찬 목소리로 "대구 정도"라고 먼저 말했다가 "아닐까요……?"라고 끝을 흐렸다.

"참 답답하네. 늑막에 퍼진 암은 예후가 가장 좋지 않아요. 천

안, 수원을 지나 지금 용산역에 도착했어요. 곧 서울역이에요."

가족들 모두 눈이 커지면서 얼굴이 붉어졌다.

"도대체 교수님, 교수님 하는 분이 연세가 얼마나 되는 분이에요? 웬만하면 제가 알 텐데⋯⋯."

"선생님이랑 거의 비슷할 거예요. 선생님을 잘 아신대요."

나는 인터넷에 들어가 교수의 이름을 치고 놀랐다.

"아니, 저보다 스무 살 가까이 젊은 의사잖아요."

맏딸이 보더니 깜짝 놀라며 말했다.

"잘못된 것 아네요. 나보다도 두 살 어리네. 왜 그렇게 나이 들어 보이죠?"

대학병원의 권위가 나이마저 들어보이게 한 것이다. 나는 한번 더 강조했다.

"용산 지나면 바로 서울역이에요. 기다릴 시간 없어요. 할 수 있는 건 빨리 해야 해요. 아니면 그냥 놓아두시든지⋯⋯."

그녀들이 나간 뒤 거울을 보면서 혼자 중얼거렸다.

"내가 그렇게 젊게 보이나? 아니면~"

왼손으로 머리칼이 듬성한 정수리를 만져보았다.

13 남편을 길들이는 몇 가지 방법

봄이 오던 아침, (중략) 나는 플랫폼에 간신한 그림자를 떨어뜨리고,/ 담배를 피웠다.// 내 그림자는 담배 연기 그림자를 날리고/ 비둘기 한 떼가 부끄러울 것도 없이/ 나래 속을 속, 속, 햇빛에 비춰, 날았다.

깔끔해 보여 전혀 담배를 입에 대지 않을 것 같은 시인 윤동주가 쓴 시 '사랑스런 추억'에도 담배가 나온다.

이렇듯 작가들에게 담배는 고독하고 메마른 길을 같이 가는 친구여서 기호품에 그치지 않고 창작을 위한 도구로 여겨졌다. 우리가 아는 이름난 작가들의 사진이 대부분 담배를 손가락에 끼고 있거나 입에 물고 있는 장면인 것도 이런 연관이 있으리라.

'악의 꽃'의 시인 보들레르는 물론, 가을이 되면 애송되는 '가을날'이란 시를 쓴 라이너 마리아 릴케도 담배 예찬론자였다. 그는 담배를 피우는 시간에, 은밀한 '여자의 시간'이 열린다는 것도, 너그럽게 위로해 주는 '친구의 시간'이 열린다는 것도 알고 있었다. 우리나라도 마찬가지이다. '어느 날 고궁을 나오면서'의 시인 김수영도 골초였다. 그는 줄담배를 피우며 시 쓰는 자신을 보며 담배연기가 나오는 입에서 시도 나온다고 여겼다. '불교의 공(空)'을 초월하고 싶은 마음으로 호를 공초(空超)라고 붙였던 시인 오상순은 줄담배 때문에 '꽁초'라는 별명을 얻었다. '향수'의 서정시인 정지용은 스물한 살에 일본 유학 떠나던 길에 연애보다 담배를 먼저 배웠다. 심지어 '발가락이 닮았다'의 소설가 김동인은 '백가지 이로운 게 있고도 한 가지 나쁜 게 발견되지 않는' 것이 담배라며, 담배를 멀리하는 사람을 '가련한 사람들'이라고 말하기도 했다.

서울에 있는 대학의 홈커밍데이에서 대부분 참석한 신학대학 출신과 달리 국문과 출신은 연락이 잘 안 되고 병원에 입원한 사람이 상당수라는 농담은 실제 담배가 얼마나 위험한지 말해준다. 그렇다 보니 술, 담배를 즐기는 작가란 어느 나라에서든 가장 수명이 짧은 직업에 속한다.

그러나 작가로서는 드물게 실러와 함께 슈투름 운트 드랑(질풍노도)의 대표 주자였던 괴테는 담배를 아주 싫어했다. 그는 친구에게 보내는 편지에서 담배의 해악에 대해 이렇게 말했다.

"담배를 피우면 머리가 나빠진다. 생각하지 못하고, 창작하지 못하게 만든다. 담배를 피우는 것은 게으름뱅이나 권태에 빠진 사람들이나 할 것이다. 그들은 삶의 삼분의 일을 잠으로 보내고, 삼분의 일을 먹고 마시고 헛되이 보낸다. 그러면서도 나머지를 무엇을 할지 모르면서 삶이 너무 짧다는 말을 입에 달고 산다. 그들에게 담배를 피우고 내뿜는 연기를 바라보는 것만큼 시간 때우기에 좋은 것은 없다."

괴테는 담배 피우는 사람이 맥주를 많이 마시는 이유도 '담배로 뜨거워진 입안을 식히기 위해서'라고 악평했다.

그런 담배는 피우기는 쉽지만 끊기는 정말 어렵다. 미국 백 달러 지폐에 나오는 벤자민 프랭클린은 "담배를 끊는 것은 매우 쉽다. 나는 이백 번 끊었다."며 금연이 얼마나 어려운지 잘 표현했다. 금연하려는 사람들은 담배를 끊자마자 살찐다고 투덜대는데, 이는 입이 궁금한 나머지 어릴 때 젖떼기 위해 가짜 젖꼭지를 입에 넣듯 입으로 단 것을 가져가기 때문이다. 과자는 구강 친밀성의 대상으로 유아기의 가짜 젖꼭지와 성인의 담배 사이의 틈을 메워주는 역할을 맡는다고 한다.

오후에 졸리기 시작할 무렵, 육십 대 중반의 남자가 두 여자랑 같이 들어왔다. 그는 근처 대학병원에서 발행한 진료의뢰서를 가지고 있었다. 작년 메르스가 유행할 무렵 처음 그 병원에 입원해 세 차례 몸 바깥에서 바늘로 조직을 빼내어 검사하는 세침흡인술(PCNA)을 받았는데 신기하게도 암세포가 나오지 않았다는 것이다. 그러나 병원에서는 컴퓨터 단층촬영을 할 때마다 종괴가 커져 수술하자고 권했으나 우리 병원에 가겠다고 해서 보냈다는 것이다.

"대학병원에서 수술을 받으시지 왜 일 년을 끌었어요? 암은 놔두면 금방 자라는데……."

그 말에 부인과 딸로 보이는 두 여인은 잠시 조촘조촘하더니만 이해하기 어려운 말을 했다.

"메르스가 유행해서 무섭기도 하고……, 메르스 때문에 수술하

지 못한다고도 했어요."

나는 고개를 갸우뚱했다.

"일단 입원해서 암이란 걸 확인하고 바로 수술합시다."

우리 병원에서도 두 차례 조직검사에서는 염증만 나오고, 세 차례 검사에서 겨우 선암의 한 종류로 드러났다. 우리는 양전자 방출 컴퓨터 단층촬영(PET-CT) 등을 하여 전이되지 않은 것을 확인했다. 그러나 일 년 사이에 암이 몇 배 커져 기정맥과 폐동맥 부근을 먹은 것으로 보였다. 머리 자기공명영상(MRI)를 촬영해 보니 오른쪽 앞쪽 뇌에 생각보다 큰 뇌경색을 앓은 흔적이 있었다. 나는 이 때문에 대학병원에서 가족들이 수술을 지체한 것이 아닐까 궁금했다. 더욱 걱정이 되는 것은 심장초음파검사에서 수축하는 힘이 채 30%가 되지 않았다. 폐암은 둘째 치고 다른 사람의 심장을 이식해야 할 정도로 나쁜 상태였다.

먼저 오른쪽 가슴 중앙에 방사선치료(토모치료)를 하자고 권했지만 별 다른 이유 없이 열흘 정도 지체되었다. 결국 한 달 정도 방사선치료를 하고 수술에 들어가기로 계획을 잡았다. 방사선 치료가 끝나고 나서도 석 달 넘게 기다렸다. 나는 무엇 때문에 자꾸 연기하는지 궁금했다. 가슴을 여니 예상했던 대로 가슴 중앙은 찰떡처럼 붙어있었다. 나는 위쪽부터 박리하여 상공정맥 부근에서 기정맥의 앞쪽을 겨우 꿰매어 자르고 뒷부분은 휑하니 박리한 다음 어렵게 꿰맸다. 땀이 흘러내리자 수술대 뒤에 있던 간호사가 거즈로 나의 이마를 닦아주었다. 폐동맥 근처도 가슴 중앙으로 파고 들어가 혈관을 묶었다.

그는 우리의 예상과는 달리 비교적 수월하게 중환자실을 벗어났다. 나는 병실에서 그를 만날 때마다 주지시켰다.

"어렵게 수술했으니 담배는 끊으세요. 피우시면 안돼요."

그는 덤덤하게 말했다.

"천당 갈 뻔 했는데 또 담배 피우면 사람이 아니죠."

예상 밖의 단호한 대답에 놀랐지만 한편으로 안심되었다. 그러나 나는 그렇게 말하는 그의 손에서 담배 냄새가 나는 것을 보고 놀랐다.

"어, 손가락에서 담배 냄새가 나잖아요?"

그는 당황하지도 않고 바로 나의 말을 받았다.

"담배 피우는 데 놀러갔다 와서 그래요."

나는 병동에서 그를 만날 때마다 손가락 냄새를 맡아보았다.

그러고 나서 반년 정도 지났을까. 컴퓨터 단층촬영에서 떼어낸 폐의 바로 아래쪽에 조금 하얀 게 보였다. 석 달 정도 지나 다시 촬영해보니 그곳이 조금 더 커져 있어 가족을 불렀다.

"허파와 심장 기능이 좋지 않지만 살짝 열어 그 부위만 떼어내면 무난히 완치될 것 같아요."

그런데 부인과 딸의 생각은 전혀 달랐다.

"담배만 끊으면 해 줄 거예요. 또 속을 순 없어요."

이 말을 듣고 나도 모르게 입에서 큰 소리가 나왔다.

"아니 무슨 말씀이에요. 호미로 막을 걸 가래로 막을 거예요?"

"전에도 단란주점을 가지 않겠다고 해놓고 계속 카드를 긁어 수술해주지 않았어요. 카드를 빼앗지 않으면 한 달에 백만 원 카드 값이 나와요. 이번에도 담배를 끊겠다고 해서 수술해 줬어요. 그런데 또 약속을 어겼잖아요. 부인과 딸은 작은 식당 하면서 애들 공부시키랴 배달하랴 정신없는데 혼자 재미있게 살고 있어요. 이번에는 반드시 담배를 끊어야 수술해 줄 거예요."

나는 그녀들을 한참 쳐다보다 답답해 볼펜을 담배처럼 입에 물었다.

흉부외과 의사가 좋아하는 절은?

하루해는 다리의 하중으로부터 지는가
군무에 시달리다
겹쳐진 솔기마다 한 아름의 아픔이 붙박여 있는
구겨진 군복을 벗으면
뭇 곤충이 허물을 벗듯 나도
국방의 의무를 벗어나는 것일까

다음날 다른 무게를 지탱하기 위해
잠자리에 누워 손가락 끝으로 피곤한 하루를
하나, 둘 짚으면
웃음으로 내일이 기다려지기보다
앞으로, 앞으로만 튀어나온 복부의 둔감처럼
후일에 대한 확신마저 허옇게 센 의식과 함께
신열로 시들어가는구나

여린 잠에서

두터운 옷을 입은 아내가 눈치를 뺏으며 일어난다

탄불을 보러가는 것이리라

나를 깨우지 않으려는 것이리라

아내여

간단한 우리의 부엌에 가거든

북쪽 격자창 좁은 틈 사이로 스머드는 별빛을

보아주오

삼년간 수자리에서 옷을 벗으면

빛이 있을지 문틈으로 바라다 보아주오

　　　　　- '군복을 벗고 나서/ 아내와 나·넷'

　나는 군의관 근무를 강원도 춘천에서 시작하였다. 그때는 후평
동이 개발되지 않았을 때였고, 소양교를 지나면 대부분 논밭이었
다. 지금은 보충대마저 없어져 논밭이었던 신북면이 아파트로 변
한 것을 보면 상전벽해(桑田碧海)라는 말이 실감난다.

　이제 친구 결혼식 이야기를 해야겠다. 학생 때니까, 지금으로
부터 몇 십 년 전인데도 최근 기억처럼 뚜렷하다. 친구의 아버지
는 산부인과 의사였는데 일제강점기에 군의관으로 동남아까지

갔다 겨우 살아오신 분이었다. 그는 해방이 되자 3층짜리 건물을 짓고 1층은 진료실, 2층은 입원실, 그리고 3층은 살림집으로 만들어 밤낮을 가리지 않고 진료했다.

그는 한밤중에도 언제든지 산모(産母)가 오면 아기를 받았다. 십 년이 지나도, 이십 년이 지나도 그에게 바뀐 것은 없었다. 새벽에 일어나 산모를 챙기고, 이른 아침이면 손수 접수까지 도맡으면서 하루 종일 일했다. 그는 군의관일 때를 제외하고는 비행기나 배를 탄 적이 없었다. 그 흔한 제주도 여행조차 한 적이 없었고, 책도, 영화도, 운동도 하지 않고 오로지 일만 하며 살았다. 그렇지, 운동?, 운동이라곤 유일하게 일 층에서 3층까지 오르내리는 것이었으니 얼마나 단조로운 삶이었겠는가!

결혼식은 재미있게 진행되었다. 친구인 신랑은 멋있고 신부도 아름다웠다. 주례자의 진행도 깔끔했고, 가족사진, 친지사진, 친구사진 촬영까지 별 다른 문제없이 진행되었다.

드디어 피로연이 시작되었다.

어딘가 많이 본 듯한 사회자가 나와 진행을 했고, 알만한 가수 등이 나와 노래를 불렀다. 의대 노래동아리 회원이 친구 대표로 열창했다. 각 테이블에 술이 한 배씩 돌자 어느 테이블에선가 소리 질렀다.

"신랑 아버지, 노래!"

그러자 모든 테이블에서 경쟁이라도 하듯 "신랑 아버지, 노래!"라고 합창하기 시작했다. 사회자가 겸연쩍게 웃더니만 한마디 했다.

"아무래도 신랑 아버지가 한 곡 뽑으셔야 겠네."

사회자에게 끌려나온 신랑 아버지는 샹들리에를 쳐다보더니만 드디어 목청을 가다듬기 시작했다. 다들 비슷한 생각이었겠지만 나는 그의 입에서 '황성옛터' 정도 나오지 않을까 생각했다.

신랑 아버지의 노래가 끝나기도 전에 몇 사람이 일어섰다. 그는 오른 주먹을 불끈 쥐고 팔을 휘젓거나, 오른쪽 무릎을 꺾으며 뭔가 찌르는듯한 흉내를 내며 열심히 노래를 불렀다. 우리 일행도 몇 사람 일어섰지만 나는 어디엔가 심하게 부딪힌 듯한 두통에 미간을 찡그리며 친구 아버지를 쳐다보았다.

군의관일 때 말고는 노래를 불러본 적 없는 친구 아버지가 부

른 노래는 바로 일본 군가(軍歌)였다.

친구 결혼식 이후 나는 일만 하지 않고 재미있게 살 거라고 다짐했건만 나의 의사생활도 별 다르지 않았다. 마치 일중독인 것처럼 일만 하다 아내에게 구박 받기 일쑤였다.

"군의관 마치면 놀러갈 줄 알았는데, 군의관일 때 제주도에 있는 장교 휴양소에 가보곤 아직 제주도도 못 갔어요."

이 말에 놀라 급히 제주도로 떠나기도 했다. 그러나 흉부외과 의사의 일과는 새벽부터 저녁 늦게까지 일하고, 밤에도 응급수술로 불려가기 때문에 아내와의 약속을 밥 먹듯이 어겼다.

병원 주차장에 차를 세우니 단풍이 든 나무와 낙엽이 진 그늘이 보였다. 나도 모르게 입에서 신음이 나왔다.

"벌써 가을이 가려고 하네. 붙잡아야 할 텐데……."

한편으로 어제 응급으로 수술한 사람이 어떻게 되었을까 걱정되었다.

어제 밤, 나는 자정 가까이 전화를 받고 응급의료센터로 나왔다. 한 남자가 침대에 주렁주렁 수액과 혈액을 달고 누워 있었는데, 명치 왼쪽 갈비물렁뼈 부근에서 피가 나와 거즈 여러 장으로 두텁게 눌러놓은 것이 보였다.

자초지종은 이러했다. 오랜만에 처갓집에 놀러온 사위가 장인 어른과 술 한 잔을 하고 일찍 아내와 잠자리에 들었다. 사위는 잠시 눈을 감았다 밖이 어수선하여 잠을 깼다. 그가 방문에 귀를 대고 들으니 집에 도둑이 들어와 장인, 장모를 묶고 돈이 어디 있는지 다그치고 있었다. 도둑은 나이든 부부 두 사람만 사는 집으로 알았지 사위와 딸이 와있는지 몰랐던 것 같았다.

그가 불을 켜지 않고 손을 더듬어 장가간 처남이 학생 때 사용했던 야구 방망이를 만졌다. 아내는 사위에게 속삭였다.

"도둑도 우리가 있는 것을 모르는 것 같으니 그냥 숨어있자."

그러나 술도 한잔 했겠다, 사위는 마치 슈퍼맨이 된 양 방망이를 휘둘렀고, 깜짝 놀란 도둑은 사위의 무차별적인 야구방망이에 맞아 기절했다. 노부부가 청테이프로 도둑을 묶고 경찰에 신고하고 보니 멀찌감치 사위가 칼에 찔려 쓰러져 있었다. 사위의 왼쪽 아래가슴에서 피가 쏟아졌다.

나는 사위를 수술대에 눕혀 소독약을 가슴 위에 퍼붓고선 바로 수술복에 수술장갑을 꼈다. 먼저 수술용 칼로 명치 위 정중앙으로 반 뼘 약간 넘게 살갗을 열었다. 앞가슴뼈 꼬리인 칼모양돌기를 떼어내고 전기톱으로 명치에서부터 앞가슴뼈를 세로로 반 뼘 정도 열고, 위쪽 부분은 가로로 잘라 가슴을 펼쳤다. 심장주머니인 심낭은 터질듯이 탱탱하게 부어있었다. 나는 미리 준비한 피를 주며 심낭을 세로로 절개했다. 왈칵 심낭에서 피가 나와 어디에서 나오는지 대체 알 수 없었다.

두 손가락을 넣어 심장이 터진 듯한 오른쪽 심실 부위를 일단 막았다. 손가락 사이로 심장의 문인 판막을 잡아당기는 젖꼭지 모양의 근육이 닿는 기분이 생경했다. 나는 바늘이 비교적 큰 3번 실로 터진 심장의 위쪽과 아래쪽을 떠 반대방향으로 서로 겹치게 잡아당겼다. 그제야 심장에서 솟던 피가 멈추기 시작했다. 나는 작은 섬유조각을 덧대 U자 모양으로 꿰매나갔다. 뒤처리하니 새벽 세시 가량이었다.

"집에 가서 자야지."

그래서 쪽잠을 자고 나오던 참이었다. 나 때문에 선잠을 잔 아내는 나를 배웅하면서 한마디를 던졌다.

"흉부외과 의사는 토요일도 없어요?"

다행스레 응급수술을 받은 사위의 상태는 괜찮았으나 그날따라 외래로 오는 환자가 많았다. 갈비뼈가 부러졌다느니, 가슴이 아프다느니, 각각 한 묶음의 보따리를 풀고 나의 대답을 기다렸다. 가장 괴로운 것은 응급수술로 제대로 잠을 못잔 의사에게 잠이 안온다고 말하는 사람들이다.

"아이구, 응급수술해서 잠 못 자 봐요. 저절로 잠이 와요."라는 말이 혀끝까지 나와 맴돌다 사라졌다.

진료시간이 끝나자 잠시 멍하니 앉아있었다.

이제 식당으로 내려가 점심이라도 먹을까 생각하다 며칠 전 아내의 말이 생각났다.

"아니, 정말 올해는 떠나가는 가을도 안 보여줄 거예요?"

나는 바로 윗도리를 걸치고 가방을 어깨에 메고 주차장으로 달렸다. 차에 시동을 걸면서 바로 아내에게 전화를 걸었다.

"나 지금 바로 달려갈 테니 기다리고 있어요. 떠나가는 가을 보여줄게요."

"아니, 토요일 오후에 길도 막힐 텐데 어디를 가려고 해요?"

아내는 놀라 나에게 되물었다.

"흉부외과 의사가 어디로 가겠어요. 심장을 활짝 여는 개심사(開心寺)지."

말을 해놓고도 서해안고속도로가 얼마나 막힐까 걱정했다. 다행스럽게도 행담도 휴게소까지 막히지 않고 달려왔다. 우리는 휴게소에서 간단히 배를 채우고 개심사로 올라갔다. 개심사에는 아직 가을이 남아있었다. '세심동 개심사(洗心洞 開心寺)'라고 해서체로 새겨진 자연석 두 개를 일주문 삼아 세운 산문에는 겨울바람이 가을을 밀어낼 채비하고 있었다.

"자, 우리 마음을 씻고 활짝 열어봅시다."

서로 손을 잡고 가을이 떨어진 돌층계를 걸어 올라갔다. 둘은 파전에 막걸리를 한 잔 하면서도 손을 놓지 않았다. 나는 막걸리로 입술을 축이다 말고 아내에게 말했다.

"내가 운전할 테니 걱정 말고 당신이 막걸리 다 먹어요."

우리는 열었던 심장을 아주 천천히 닫고 간월암으로 향했다.

우리나라 15
사람이에요

입으로 피가 나오는 것은 두 가지가 있다. 위장이나 식도 등 소화기에서 나오는 토혈과 허파에서 기도를 통해 피나 피가 섞인 가래가 나오는 각혈이 있다. 각혈은 피가 나오는 양에 따라 여러 단계로 나눌 수 있는데, 의사가 아닌 사람들은 적은 각혈과 많은 각혈 정도만 알아도 될 것 같다. 각혈은 나오는 양도 문제지만 기관지를 막아 숨을 쉬지 못하게 만들 수 있기 때문에 적은 양으로도 잘못될 수 있어 주의해야 한다.

각혈은 드물지 않게 일어난다. 감기라도 오래 되면 각혈이 있을 수 있고, 만성 폐쇄성 폐질환을 비롯한 허파의 모든 염증에 각혈이 일어날 수 있다. 그러나 마흔 살 이상에서 일어나는 각혈은 가슴 속의 이상을 바깥으로 나타내 주는 중요한 증후이므로 가볍게 넘기다간 큰일 난다. 그렇기에 인류 역사에서 가장 인간적인 의사 중의 한 사람인 모르가니(1682~1771)는 이렇게 말했다.

"밖으로 나타나는 증상은 몸속 말 못하는 장기들이 아파서 울부짖는 것이다."

사람들의 생각과는 달리 폐암에서 나오는 각혈은 양이 적다. 그러나 염증이 오래 되어 기관지가 늘어난 기관지확장증 같은 병은 오히려 심한 각혈이 일어난다. 심한 각혈은 종양보다는 결핵, 폐진균종(국균종), 폐농양, 기관지확장증, 폐결핵, 흡충증과 폐격절증 같은 염증성 질환이 일으킨다. 대량 각혈은 아주 높은 사망률을 보인다. 경우에 따라 기관지동맥을 코일로 막는 선택적 기관지동맥색전술을 하면 좋을 수 있다.

결핵은 흉부외과 의사에게도 반갑지 않은 병이다. 결핵을 앓은 사람은 허파의 기능이 낮아 수술에 많은 부담이 되는데다가 허파가 늑막에 딱 붙어 박리하기가 여간 어렵지 않고 질질 피가 배어나기 때문이다. 그러나 무엇보다도 결핵이 살던 집에 국균이라는 곰팡이가 기생해서 살 때는 정말 곤란하다. 폐국균종은 허파를 돌덩이처럼 단단하게 만들어 수술하기가 정말 어렵다. 거기에다 수술 중에도 폐국균종은 덩어리로 된 곰팡이 균사가 각혈을 유발하기 때문에 위험할 수도 있다. 이 덩어리는 보통 때도 빈 공간 속으로 드러나 있는 혈관을 터뜨려 많은 각혈을 일으켜 사람들을 위험하게 할 수 있다.

내가 한일병원으로 옮기고 나서 몇 달 되지 않았을 때이다. 남해안 작은 마을에 사는 젊은 여자가 지방의 병원에서 찍은 가슴 컴퓨터 단층촬영 사진을 가지고 흉부외과 외래를 찾아왔다. 사진을 보니 오른쪽 위쪽을 반쯤 채운 폐국균종이었다. 폐에 생긴 곰팡이는 약물치료가 잘 듣지 않으므로 증상이 없더라도 수술을 하는 것이 원칙인데, 수술도 까다롭고 수술한 다음 재발하거나 농흉 같은 합병증을 일으키는 경우도 흔하다. 요즘은 드물게 국균종 주머니로 바늘을 넣어놓고 약물치료를 하기도 한다.

나는 그녀가 가지고 온 사진을 먼저 보았다. 컴퓨터 단층촬영에서는 정말 달걀만한 곰팡이 덩어리가 볼록 튀어나와 있었다. 처음 본 의사인데도 그녀는 나를 보자 손을 잡고 반가워했다.

"어제 올라왔는데 밤새도록 피가 올라와 한잠도 못 잤어요."

나는 지혈제를 쓰며 그녀를 안심시켰다. 수술하기 전날 수술승낙서를 받기 위해 가족을 불렀다. 남편은 오자마자 나를 보더니 말했다.

"선생님 믿고 수술하러 왔어요."

나는 한국전력에 다니시냐고 물었다. 그런데 한국전력에 다니는 사람이 아니었다. 나는 궁금해 또다시 물었다.

"아니, 남쪽 끝에서 어떻게 서울의 끝에 있는 우리 병원까지 찾아오셨어요? 어떻게 내 이름까지 알고 오셨어요?"

남편은 서울에서 가장 친절하고 수술 잘 하는 병원이 한일병원 흉부외과이고 수술비도 적게 나온다고 들었다는 것이다. 몇 달 전 수술을 받은 남자의 가족이 그랬다는데 나는 그의 이름을 알 수 없었다. 그러나 그 당시 한일병원에 흉부외과가 문을 연지도 얼마 되지 않은 터라 지금도 그때 우리 병원을 권해 준 이름 모를 환자와 가족을 정말 고맙게 생각하고 있다.

수술에 들어가니 예상대로 국균종이 돌처럼 단단하게 늑막에 붙어 있었고 박리하는 중에 오른쪽에만 있는 기정맥이 터져 피가 나왔다. 그러나 혈관 주변에 바늘이 들어가지 않을 정도로 단단하여 지혈을 하지 못해 혼이 났다. 그러던 중 마취과 의사가 소리를 질렀다.

"기도로 피가 몰려나와요!!"

수술 도중 박리하느라고 허파를 만졌더니 다시 각혈하게 만든

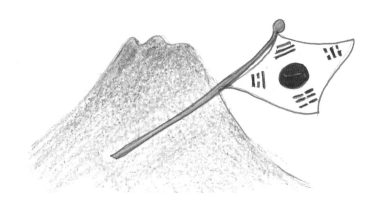

모양이었다. 나는 곰팡이 덩어리가 있는 집을 열어 피가 쏟아지고 있는 혈관을 속에서 꿰맸다. 우여곡절 끝에 수술을 끝내고 나왔다.

수술할 때 고생에 비해 환자는 아무 탈 없이 잘 치료되었다. 때마침 지방의회 선거를 며칠 앞둔 시점이었다. 신문과 방송에서는 연일 지방의회 선거로 뉴스를 채우고 야당에서는 중간평가로 선거를 몰아가고 있었다. 잔잔하던 선거판이 갑자기 요란해지고 다급해진 정치판은 너도 나도 할 것 없이 순진한 우리 국민들을 편협한 지역감정으로 내몰았다.

"빨리 퇴원하셔서 투표하러 가셔야죠."

나는 병동을 돌 때마다 환자들에게 퇴원을 독려하려 이야기하곤 했다. 그녀 앞에 갔을 때도 똑같은 말을 했다. 내가 돌아서려는데 그녀가 나에게 말을 걸었다.

"어, 그런데 선생님 말투에 사투리가 섞여있네. 선생님 고향이 어디세요?"

나는 웃어넘기며 되물었다.

"제 고향이 어딘지 알아 맞춰 보세요."

그러나 그녀는 내 농담에 진지하게 되물었다.

"나쁜 나라 사람인지, 좋은 나라 사람인지 알려고 그래요."

나는 그녀의 양손을 잡으며 말했다.

"저는 우리나라 사람이에요."

16 팔순 할아버지 격투기 선수

1492년 크리스토퍼 콜롬부스가 서인도 제도에서 원주민들이 담뱃잎을 둘둘 말아 피우는 것을 처음 보았다고 한다. 그들은 이미 오백 년 전부터 연기를 즐기며 담배를 피워왔는데, 버섯과 식물에서 얻은 환각제를 담뱃잎과 함께 말아 피웠다. 당시의 탐험가들이 담배를 피웠을 때 '머리가 몽롱해지고 온몸이 나른해지는 것 같았다.'라고 말한 것도 담배뿐만 아니라 함께 섞은 환각제 때문일 것이다. 담배를 시가, 시가레트라고 부르는 것은 원주민들의 말로 담배를 피운다는 뜻의 '시카르(sikar)'에서 나왔다. 1535년 프랑스 탐험가인 작스 커티어가 담배를 진귀한 식품으로 소개하여 아메리카 대륙을 떠나 유럽에 등장하였다.

우리나라에는 담배가 조선 중기에 들어왔는데, 가야시대 김수로왕의 설화에 담배가 나오는 것을 보면 담배가 들어오기 전에도 비슷한 것을 말아 피운 것으로 여겨진다. 우리나라에서는 예로부터 윗사람 앞에서 담배를 피우지 못하게 하는 등, 담배에 대한 예절이 엄격하였는데, 이는 조정에서 신하들이 피우는 담배 연기가 높은 곳에 앉은 임금께로 올라가 참다 못한 광해 임금이 삼가라고 했기 때문이라고 정조 때의 실학자인 이덕무가 전한다.

담배가 유럽에 전해졌을 때 처음에 약으로 취급된 기록도 있다. 당시는 이를 닦지 않던 시대여서 한때 영국에서 초등학교 학생들에게 입 냄새가 나지 않게 아침마다 담배를 의무적으로 피우게 했던 황당한 일도 있었다. 담배의 성분 중 니코틴은 벌레를 죽이는 효능이 있어 살충제로 이용되기도 했다.

우리나라에서는 옛날에 담배가 가래를 없애주는 약으로 사용되었다. 이수광의 '지봉유설'이란 책에는 '담배를 피우면 담과 습기가 제거되고 기가 내리고 술도 깨게 한다.'고 적혀있다. 이는 현대의학의 입장에서 보면 담배의 부작용을 효과로 오해한 것이라 할 수 있겠다. 또한 담배 속에는 진정제 성분이 들어있어 고민하거나 일이 풀리지 않을 때 담배를 피우면 차분해지는 효과를 볼 수 있다.

스페인에 있던 프랑스 대사 장 니코(Jean Nicot)가 남편 앙리2세를 마상시합에서 잃은 다음 두통으로 고생하던 카트리느 왕비에게 담배를 권한 것이 지금처럼 담배가 퍼지게 된 기폭제 역할을 했다. 장 니코의 이름을 딴 '니코틴'은 담배를 한번 손대면 떼지 못하게 만들었는데, 니코틴의 심한 독성이 효과를 본 적도 있다. 니코는 악성 종양을 앓던 젊은이에게 담배를 붙여 치료했다. 그래서 한 때 담배는 깊게 베인 상처나 피부병은 물론, 흑사병까지 치료하는 만병통치약으로 알려지기도 했다.

사람들은 담배가 단지 암을 일으키기 때문에 피우지 않아야 한다고 생각한다. 그러나 암보다 무서운 만성 폐쇄성 폐질환이나 뇌경색, 버거병 같은 혈관을 침범하는 병은 가볍게 넘기는 경향이 있다. 만성 폐쇄성 폐질환은 허파가 빨리 늙어버리는 병으로 만성 기관지염과 폐기종, 기관지천식이 어우러져 나타난다. 이 병은 선진국에서는 5대 사망원인에 속하는데 성인 남자 다섯 중 한 명이 앓고 있다고 한다.

겨울 추위가 막 시작되던 가을의 끝자락. 한 노인이 아들과 함께 진료실 문을 두드리며 소란을 피웠다.

"아버지가 숨이 끊어지려고 해서 순서를 기다리지 못하겠어요."

급히 노인의 가슴을 청진해 보니 숨소리가 거의 들리지 않았고 간혹 들리는 가슴에서는 그르렁 소리가 났다. 청진하다 살갗을 만져보니 높은 열이 온몸을 덮고 있었다. 아들은 아버지가 며칠 전부터 감기가 걸려 몸이 좋지 않았는데, 오늘 담배를 피우다 갑작스레 숨이 막혀 쓰러졌다는 것이다. 나는 가슴사진을 찍는 동시에 입원하라고 하고, 주사와 산소를 주어 조금이나마 편하게 숨 쉬도록 해 주었다.

가슴사진을 보니 지금까지 별 탈 없이 지낸 것만도 다행이었다. 허파 전체가 풍선처럼 불어나고 오른쪽 허파의 아래쪽에는 아기의 머리만한 풍선이 똬리를 틀고 있었다. 풍선 때문에 눌린 성한 허파는 염증으로 허옇게 보였다.

허파의 염증을 치료하고 천식을 치료하는데 한 주 가량의 시간이 흘렀다. 나는 노인의 피골이 상접한 가슴근육을 보완하기 위해 아령을 비롯한 기구를 이용해 운동하도록 권했다. 회진을 돌 때 수줍음을 타는 노인은 나를 보면 발그레한 얼굴로 양손을 모아 고개를 숙여 감사함을 표시했다.

'저렇게 여든 가까이 살았으니 할머니가 좀 고생했겠다.'

나는 사춘기 소년처럼 수줍어하는 그를 보며 엉뚱하게도 할머니가 떠올랐다. 며칠 지나 조금 좋아지고 나서 다시 가슴 컴퓨터 단층촬영을 해보니 오른쪽 허파의 아래쪽에 있는 머리만한 풍선만 제거해도 숨 쉬고 생활을 하는데 어려움을 덜어줄 것 같았다. 나는 허파의 기능은 정상인의 반의반도 되지 않지만 큰 풍선만 제거하면 노인에게 새로운 삶을 줄 수 있다고 생각하고 노인과 아들을 같이 불러 수술을 권했다.

"지금보다 편하시다면 당연히 해드려야죠."

아들은 수술에 동의하였으나 온순한 성격의 겁 많은 노인이 죽어도 수술하지 않겠다고 버텼다.

　보름이나 지났을까, 응급의료센터에서 다시 연락이 왔다. 그 노인이 구급차로 실려 왔는데 오른쪽 허파가 터져 얼굴이 애드벌룬처럼 불어나 있고 온몸이 까맣다는 것이다. 나는 헐레벌떡 달려가 소독약을 가슴에 붓고, 손가락만한 튜브를 오른쪽 가슴에

넣었다.

'휘익~'

휘파람 소리가 나며 검은 얼굴에 다시 핏기가 돌았다. 나는 공기가 살갗 밑으로 빠져나가 몸집이 불어난 노인을 중환자실로 옮기고 튜브를 통해 공기를 빨아내는 기계에 연결했다.

다음날 응급으로 수술실로 들어갔다.

먼저 마취한 다음 소독을 하고 오른쪽이 위로 올라가게 모로 눕혔다. 그 다음엔 한 뼘 정도 갈비뼈를 따라 가슴을 열었다. 허파에 붙은 터진 풍선이 인사하듯 튀어 올라왔다. 나는 아기머리만한 풍선을 열어 줄기까지 파고 들어가 확인한 다음 스테플 기구를 사용하여 도려내려고 했다. 그러나 전체가 풍선처럼 바뀐 허파의 바늘 자국에서 계속 공기가 나오지 않을까 걱정되어 터진 풍선을 띠처럼 잘라 짜깁기 하듯이 양쪽에 덧대어 잘라내었다.

수술 후에 며칠 공기가 나왔지만 피부와 근육 아래 공기가 빠져 얼굴도 홀쭉해지고 손으로 만지면 눈 위를 밟는 듯한 사각거리는 소리도 줄어들었다. 그러나 노인은 안타깝게도 담배를 끊지 못해 한 해가 지난 다음 반대쪽에도 똑같은 수술을 받았다.

그런 다음 반년이 지난 어느 날이었다. 노인이 진료가 끝날 무렵 나를 찾아왔다.

"며칠 전에 오셨잖아요. 오늘은 어떻게 오셨어요?"

그는 주섬주섬 바지주머니를 뒤지더니만 작은 종이조각을 찾아냈다.

"친구가 이거 먹으니까 좋다고 해요. 나도 이거 몇 개 줘요."

나는 얌전한 노인이 대체 무슨 약을 원하기에 이렇게 꼬깃꼬깃 접어왔을까 의아해하며 종이를 펼쳤다. 종이에는 글자 네 자가 적혀 있었다.

'비아그라'

"예, 이거 처방해 드릴 순 있어요. 몇 개 드릴까요?"

"한 열 개 줘요."

나는 나이에 비해 너무 많은 양을 원하는 노인이 '바람이 났나?' 싶었다. 나는 노인이 탈날까 걱정되어 달랬다.

"할아버지, 꼭 필요할 때만 드시고……. 음, 세 개만 드릴게요. 잘 쓰세요."

노인은 개선한 장군마냥 의기양양하게 걸어갔다. 나는 처방전을 받으러 나가는 노인의 뒷모습을 보며 '나이 들어도 저렇게 건강하게 살면 좋지.'라고 혼자 중얼거렸다.

며칠이 지났다. 그런데 다시 할아버지가 문을 두드렸다.

"그 약 다시 줘요. 이젠 좀 많이 줘요."

"이 약은 할아버지 연세에는 많이 드릴 수 없는 약이에요. 다시 세 개를 드릴 테니까 꼭 필요할 때만 사용하세요."

"씨~, 또 세 개밖에 안 줘……."

나는 얌전했던 할아버지 입에서 상소리가 나오는 것을 듣고 깜짝 놀랐다. 한편으로 뭔가 잘못 되어가는 것이 아닐까 하는 불안한 마음이 들었다.

다음 주에 또 나를 찾아왔다. 그날은 야구방망이를 하나 들고 와 놀라게 했다.

"야구 좋아하세요?"

그러자 노인은 야구방망이를 내보이며 자랑했다.

"여편네가 도망쳤어. 경찰에 고발하려고 해. 친구들이 나보다 먼저 '북어와 여편네는 사흘에 한 번씩 패라.'고 해 야구방망이를 하나 샀어."

친구들은 노인이 제정신인 줄 알고 농담 삼아 패라고 했더니, 바로 그 말을 실행에 옮기려고 한 것이었다.

담배를 많이 피우면 앞쪽 뇌의 혈관이 막혀 서서히 고집이 세지고 성격이 포악해질 수 있는데, 노인이 바로 그렇게 된 것이었다.

나는 방망이의 머리를 잡고 노인은 손잡이를 잡고 한동안 실랑이한 끝에 "할아버지, 제가 할머니를 잘 달랠 테니 야구 방망이는 제게 맡기세요."라며 어린애 어르듯 살살 달래 겨우 빼앗았다.

퇴근 무렵, 첫째아들이 땀을 뻘뻘 흘리며 왔다.

"혹시 아버지 안 오셨던가요?"

"오늘 오셨는데 걱정되더라구요."

"아이구, 말도 마세요. 한 두 주 전부터 갑자기 권투 장갑과 샌드백을 사서 매일 두드리고 있어요. 어찌된 영문인지 텔레비전도 저도 안 보는 격투기경기만 보고 있어요. 그뿐인 줄 알아요. 스무 해 가까이 부부생활을 하지 않았는데 갑자기 매일 다그쳐 어머니께서 견디다 못해 저희 집으로 도망왔어요. 어머니도 얼마나 아버지께 맞았는지 잘 걷지도 못하세요. 이게 어쩐 일인지……."

나는 성격이 변한 혈관성 치매라고 설명하며 정신병원에 입원을 시키는 게 어떻겠냐고 권했다.

"안 그래도 누나가 밥도 해드릴 겸 찾아갔는데 어머니를 숨겼다며 주먹으로 때려 지금 병원에 입원했어요. 병원에선 왼쪽 눈을 실명할 수도 있대요."

나는 뭐라고 해야 될지 몰라 잠시 머뭇거렸다.

"혹시 아드님은 담배 피우지 않으세요?"

그는 끔쩍 놀라더니 말했다.

"어이구~, 저런 걸 보고 어떻게 피우겠어요. 당장 끊어야죠."

그의 처진 어깨가 진료실 문을 채우더니 갑자기 시야에서 사라졌다.

담배 때문에 뒤바뀐 운명

17

의사의 평균수명이 다른 직업에 비해 7~8년 낮다고 한다. 의사가 사망하는 주된 원인은 뇌졸중, 간암, 위암 등인 것으로 조사됐다. 종교인과 정치인, 교수 등이 장수 직업군인 반면 언론인, 체육인, 문화인 등은 단명(短命)하는 직업군이란다. 어쨌든 의사의 수명이 우리 국민의 평균 수명보다 짧은 것은 뜻밖이라 할 수 있다.

그러나 이러한 현상은 우리나라뿐만 아니라 일본이나 미국의 통계도 비슷하다. 왜 이러한 결과가 나올까? 건강에 대해서는 누구보다 전문가인 의사가 왜 자기들의 건강에 대해서는 소홀할까? 의사라는 직업은 실수가 용납되지 않는, 무엇보다도 소중한 생명을 다루기에 어느 직업보다 심한 스트레스를 많이 받는다. 더욱이 진료하는 일 자체가 과도한 업무의 연속인데다 스트레스를 해소할 기회가 적고, 푸는 방법 또한 마땅치 않다. 그래서 건강에 나쁘다는 것은 누구보다 잘 알지만, 대개 환자에게는 절대

하지 말라는 술과 담배에 기대게 된다. 휴가를 떠나서도 제대로 쉬는 것이 아니다. 중환자실이나 병실 걱정이 머리 한구석에 있어 마음 놓고 쉴 수도 없다. 밤중이나 주말에 수시로 불려나가고, 외과 의사인 경우 응급수술은 아주 긴장된 상태에서 집도한다.

흥미롭게도 술과 담배가 일으키는 질병 전문인 의사일수록 과음을 하고 담배를 끊지 못한다. 간(肝)을 전문하는 의사가 알아주는 주당이고, 폐암 권위자가 애연가인 경우가 다반사다. 직업에서 생긴 스트레스를 운동으로 해소하는 사람도 있고, 음악, 미술과 문학 등의 예술로 승화시키는 경우도 더러 있지만, 많은 의사들이 그럴 수 있는 것은 아니다.

따라서 의사라는 직업에 대해 의무감 없이 막연한 동경은 금물이다. 요즘은 의사 사회도 경쟁이 치열해 어디든 실적이 떨어지면 퇴출된다. 개인의원을 개원한 의사도 근무 강도가 만만하지 않고, 다른 직업과 달리 진료시간 내내 긴장을 풀지 않아야 한다. 또한 진료 환경이 병원균이나 바이러스에 노출되기 쉬운 것도 문제이다.

의사가 아프면 병에 대해 알기

에 가해지는 스트레스는 잔인하기조차 하다. 영국의 낭만주의 시인 존 키츠가 의사였기 때문에 울부짖었던 이야기가 전해 온다. 결핵을 앓았던 키츠는 하얀 눈 위에 붉은 각혈을 하자 이렇게 울부짖었다.

"나는 피의 색깔을 안다. 이 피는 정맥피가 아니라 동맥피야. 아! 나는 얼마 살지 못하고 죽게 될 거야."

몇 년 전 허파에 생긴 곰팡이덩어리인 진균종을 수술하느라 고생한 적이 있다. 왼쪽 팔로 거즈를 잡아 폐를 누르며 수술했는데 끝나갈 무렵 왼쪽 팔에서 힘이 떨어진 듯한 느낌이 들었다. 마무리할 쯤 갈비뼈를 달으면서도 손에 힘이 빠져 연신 손가락을 주물렀다. 수술을 끝내니 약손가락, 새끼손가락과 왼쪽 어깨가 저려왔다. 급히 목 척추의 자기공명영상(MRI)을 해보았다. 퇴행성 변화와 함께 6번째 추간판이 튀어나와 있었다.

'왜 엄지, 검지가 아프지 않고 새끼손가락이 저리지? 뭐가 잘못된 것일까?'

의사가 아니라면 걱정하지 않을 일을 걱정하고 있었다.

또한 의사가 환자가 되면 치료하는 과정을 너무나 잘 알기 때문에 상냥한 환자가 되거나, 아니면 정반대로 고약한 환자가 된다. 복잡한 진단과 치료법 중에서 가능하면 편하고 빠른 길을 택하고 자신도 모르게 이것저것을 간섭하게 된다.

또 수술을 받은 사람이 수술한 의사보다 오래 살아 의사의 장례식에 조문하는 일도 더러 있다. 흉부외과의 역사에도 집도한 의사가 수술을 받은 환자보다 일찍 죽은 이야기가 전한다.

폐암은 이십세기에 들어 늘었는데, 흡연을 비롯한 암을 일으키는 물질도 많아졌지만 수명이 늘어나다 보니 덩달아 늘어난 것도 큰 이유를 차지한다. 폐암은 1913년 웨일즈의 의사 데이비스(Hugh Davies)가 아래쪽 폐 조각을 떼어내었지만, 폐암 치료의 획기적인 전환점은 1933년 의사 그레이엄(Evarts A. Graham)이 폐 전체를 떼어내는 수술을 성공한 것이라고 할 수 있다.

그레이엄은 흡연과 폐암의 연관성을 연구해 담배를 피우는 것이 폐암을 일으키는 주된 원인이 된다는 사실을 밝혀내기도 했다. 그는 1918년 제1차 세계대전에 군의관으로 참전하여 독감으로 인해 허파에 고름이 찬 폐농양과 늑막에 고름이 찬 농흉 환자를 살리기 위해 지금 흉부외과에서 사용하는 음압을 유지하는 통을 개발했던 것으로 유명하다.

1933년 봄, 그는 폐암이 생긴 사람의 한쪽 허파를 모두 떼어내는 수술을 하게 된다. 채 쉰이 안 된 길모어(James L. Gilmore)라는 산부인과 의사가 암에 걸려 왔는데, 그레이엄은 그를 보자마자 말했다.

"당장 담배를 끊으세요!"

그러면서 그에게 다가가 손을 잡았다.

"한쪽 허파를 모두 떼어내야 나을 수 있어요. 이 수술은 세상에서 아무도 하지 않았던 수술이에요."

당시 허파의 한 조각만 떼어내는 것도 버거웠는데 처음으로 한쪽을 모두 떼어내겠다니 환자는 얼마나 놀랐을까? 그러나 의사이기에 선택할 수 있는 다른 방법이 없는 것을 안 길모어는 수술해달라고 말했다. 첫 수술이었기 때문에 그레이엄은 지금과는 달리 갈비뼈를 무너뜨려 빈 공간을 없애는 수술까지 추가했다.

산부인과 의사는 자신을 낫게 해준 그레이엄을 위해 모임마다 나가 스스로 윗도리를 벗어 다른 의사들에게 상처를 보여주었고 비슷한 또래여서 평생 친구로 지냈다.

그런데 환자인 길모어는 바로 담배를 끊었는데, 수술했던 의사 그레이엄은 담배를 끊지 못했다. 결국 그는 어떤 치료도 할 수 없는 상태에서 폐암이 발견되어 1957년 폐암으로 죽었다. 그런데 폐암 수술을 받았던 산부인과 의사는 수술을 받고나서 서른 해를 살아 그레이엄이 죽은 후에도 멀쩡하게 여섯 해 더 살다 노환으로 죽었다. 나중에는 의사와 환자가 서로 뒤바뀌어 산부인과 의사 길모어가 그레이엄을 위로해주었다고 한다.

"내가 그렇게 담배를 끊으라고 했잖아!"

18 마음이
아픈 거예요

가슴의 통증은 흉부외과를 찾는 사람들이 가장 흔히 말하는 증상이다. 성장기의 아이들이나 활동이 많은 젊은이들은 아무런 문제없어도 아플 수 있지만 가슴 속 어딘가 잘못된 것이 바깥으로 드러난 증상일 수 있기 때문에 가볍게 넘기다간 큰일날 수 있다.

가슴의 통증은 심장에서 일어나는 통증, 허파나 늑막 등 가슴 속의 통증, 또 목, 어깨, 가슴근육이나 뼈에서 일어나는 통증과 위장을 비롯한 뱃속에서 유발되는 통증이 있다. 심하지 않은 통증은 대개 근육이나 뼈에서 일어나는 것이다. 이 통증은 잠깐 찌르는 듯한 통증이거나 심할 때는 맞은 듯하고 여기저기 옮겨 다니는데 대부분의 가슴 통증이 여기에 해당한다. 근육이나 뼈에서 발생하는 통증은 몸이 피곤하거나 자세가 좋지 못한 경우에도 생긴다. 저절로 없어지는 갈비물렁뼈의 통증도 있다. 드물지 않게 마음이 아픈 걸 가슴이 아픈 것으로 착각하여 흉부외과에 들르기도 한다.

역류성 식도염이나 식도경련 같은 식도의 병도 가슴을 아프게 한다. 협심증에서 일어나는 흉통은 심장에 피를 공급하는 혈관인 관상동맥에 경련이 일어나 생긴다. 타는 듯한 통증으로 보통 몇 분 지속되고, 관상동맥의 위치에 따라 다르나 앞가슴 뒤 통증이 가장 많다. 그러나 명치가 아플 수도 있고, 목, 턱, 어깨나 팔로 뻗치기도 한다.

심한 통증은 심근경색증, 대동맥박리, 폐색전증, 심낭염 등으로 아주 위험한 병인데, 오래도록 아프다. 특히 급성 심근경색증의 통증은 아주 심하여 가슴을 밟아 뭉개는 듯하거나, 불에 타는 듯하여 엉금엉금 방바닥을 길 정도로 아프다.

그밖에도 심한 가슴 통증을 일으키는 질병이 많다. 허리띠처럼 신경을 따라 물집이 생기는 대상포진도 꽤 아픈 신경통을 유발한다.

복잡한 현대사회를 살아가는 사람들은 스트레스를 받지 않을 수 없다. 스트레스가 쌓이면 얼른 풀어버리는 것이 좋은데 그 방법은 다양하다. 가능하다면 다른 사람에게 피해를 주지 않고 스트레스를 풀어 버리는 것이 좋다. 그런 방법 가운데 하나가 입의 만족으로 스트레스를 해소하는 방법이다. 이 방법은 예기치 않게 살찔 수 있는데 무엇을 먹느냐에 따라 머리에서 분비되는 물질이 차이나기에 잘 골라서 먹어야 한다. 스트레스에 강한 음식은 주로 탄수화물로 구성된 것이다. 현미, 통밀, 국수 등의 음식을 먹으면 인슐린의 분비량이 늘어나고 머리에서 세로토닌이 나오도록 자극하여 기분을 좋게 만든다.

스트레스는 주로 우리를 둘러싼 환경이 일으키는데, 신선이 되어 산 좋고 물 맑은 데 가서 살지 않는 한 완전히 스트레스를 피하기 어렵다. 심각한 스트레스는 대부분 껄끄러운 대인관계에서 시작하기 때문에 상대가 자신과 가까운 사람이거나 얼굴을 피하기 어려운 이웃이면 더욱 난처하다.

가슴이 아프다고 오는 사람 중 얼마나 많은 사람이 마음이 아픈 것일까? 흉부외과가 정신과 다음으로 스트레스를 많이 받는 사람들이 찾는 진료과라고 해도 과언이 아니다.

몇 년 전 일흔을 바라보는 할머니가 진료실로 왔다. 남편이 정년퇴직을 하여 외곽에 과수원을 마련했는데 그해 봄부터 가뭄이 계속되었다. 드디어 몇 개월 만에 그렇게 기다리던 비가 내렸다.

"여보, 비가 와요."

그녀는 너무나 기뻐 콧노래를 부르며 나왔다. 그런데 가뭄에 민심이 흉악해진 것일까. 윗집의 젊은 여자가 할머니네 과수원으로 내려오는 물돌을 막고 있었다. 할머니는 애가 타 소리쳤다.

"아니, 그렇게 물돌을 틀어막으면 어떻게 해요!"

그런데 돌아온 젊은 여자의 말이 할머니 마음을 들끓게 만들었다.

"아니, 서울 할망구가?"

힘센 젊은 여자는 할머니의 머리채를 잡았고, 얼마나 지났을까. 정신 잃은 할머니는 싸움을 말리던 이웃에게 발견되었다.

누가 보아도 할머니가 일방적으로 맞은 것이 분명했다. 그러나 외지에서 들어온 사람들을 동네 사람들은 편들어주지 않았다. 할머니는 분해 매일 울었으나 알아주는 사람은 남편밖에 없었다. 젊은 여자의 사과를 기대했으나 그 여자는 절대 잘못을 말하지 않았다. 그래서 분에 못 이겨 법에까지 호소하게 된 것이다.

내가 처음 그녀를 봤을 때 할머니는 온몸에 퍼렇게 멍이 들어 있고 일부 머리까지 뽑혀 있었다. 그렇지만 가슴사진과 물렁뼈사진까지 찍어 봐도 전혀 부러진 뼈는 없어 진단서에 적을 거리가 없었다. 할머니는 입원하고서도 종일 울었다. 나는 그녀의 눈물을 닦아주며 달랬다.

"2주짜리 진단서로는 마음만 아파요. 그냥 용서해 줘요."

그러나 재판은 지루한 장마처럼 진행되어 두 해를 넘겼다. 할머니는 지금도 날 찾아온다.

"그때 맞은 가슴이 아파서 잠을 못 자겠어요.",

하루는 할머니가 머리를 빗지 않고 와 나에게 답답한 얘기만 늘어놓았다.

"그때 뽑힌 머리가 아파서 머리를 감을 수조차 없어요."

나는 놀라 그녀를 쳐다보았다.

"여름엔 머리를 감지 못해 머리카락에서 나는 냄새를 맡으면 화가 치밀어요."

며칠 전에도 할머니는 가슴이 너무 아파 잠을 잘 수 없다고 울면서 왔다. 나는 할머니에게 나지막한 목소리로 말했다.

"아예 사과밭을 팔고 이사 가면 어떻겠어요."

그러자 할머니는 깜짝 놀라며 말했다.

"제가 피해자인데 왜 그렇게 해야 하나요?"

그 말을 듣고 나는 그녀에게 힘주어 말했다.

"가슴이 아픈 게 아니라 마음이 아픈 거예요."

세가지마음을 가진사람

나폴레옹 보나파르트와 아버지

역사는 우연으로부터 시작한다. 제2차 세계대전이 일어나자 오스트리아를 침공했던 히틀러는 오스트리아 출신으로 한때 그 나라에서 군인이었고, 아버지 알로이스는 오스트리아 세무 공무원이었다. 나폴레옹도 마찬가지다. 나폴레옹은 지금도 분리독립을 주장하는 코르시카에서 태어났는데, 태어나던 해 프랑스의 영토가 되었다. 아마도 프랑스가 코르시카를 복속시키지 않았다면 역사에 한 획을 그은 나폴레옹이란 인물도 탄생하지 않았을 것이다. 히틀러와 나폴레옹 두 사람은 비교되지만 히틀러는 십이 년간 엄청난 권력을 행사한 뒤 동물보호법을 제외하고는 해골과 쓰레기더미만 남겼지만, 나폴레옹은 행정체제를 고치는 등, 오늘날에도 위대한 지도자 가운데 한 사람으로 평가된다.

세계사에서 가장 의사, 특히 외과 의사를 좋아한 군주로 나폴레옹 1세를 꼽는다. 나폴레옹은 이집트 피라미드에서부터 러시아 크레믈린에 이르는 길고 긴 원정을 하면서 항상 의사를 친구처럼 동반하였다. 그뿐만 아니라 나폴레옹은 의사에게 막강한 권한도 주었다. 나폴레옹 시대에 개발된 통조림도 유명하지만 의사장 라레가 세계 최초로 전투가 끝나기 전에 부상병을 이송하는 '날아다니는 야전병원'이라는 앰뷸런스를 만든 것도 익히 알려진 사실이다. 나폴레옹이 신임했던 또 한 사람의 외과 의사는 알렉산드르 에반이다. 나폴레옹은 그를 전선의 최전방까지 동행하도록 해 만약 자신에게 일이 생긴다면 수술해 달라고 부탁했다. 나폴레옹은 왜 의사를 좋아했을까?

우리가 나폴레옹을 생각할 때 가장 먼저 떠오르는 모습은 명치를 오른손으로 만지고 있는 모습이다. 왜 나폴레옹은 그런 모습을 하고 있을까? 나폴레옹이 어떤 병으로 어떻게 죽었는지는 아직도 이견이 분분하다. 누구는 독극물에 의한 독살이라고 말하기도 하고 다른 사람은 병을 앓아 죽었다고도 얘기한다. 그러나 우리의 관심을 끄는 것은 나폴레옹이 세인트헬레나 섬으로 유배 가지 않았다 하더라도 오래 살지 못했을 것이라는 사실이다.

나폴레옹의 집안에는 대대로 암이라는 병이 내려오고 있었다. 아버지는 채 서른 살이 되기도 전에 사망했고 두 누이도 위암으로 죽었다. 한 번은 친한 의사 코르비사르에게 자신의 집안에 내려오는 몹쓸 병에 대해 얘기하고서 자신은 '항상 죽음의 공포에 시달린다.'라고 고백하기도 했다. 나폴레옹이 의사를 우대하고 언제나 대동하고 다닌 것은 어쩌면 위암이 생겼을 때 급히 수술을 받기 위해선지도 모른다.

일찍 아버지를 여의고 초등학교부터 고학을 한 사내가 있었다. 나는 그에게 아버지는 어떤 병으로 돌아가셨는지 물었다.

"아주 어릴 때 아버지가 돌아가셨기 때문에 정확한 병은 모르겠지만 아마도 암으로 돌아가신 것 같아요."

그는 고개를 갸우뚱하며 말했다. 그런데 할아버지도 일찍 돌아가셔서 아버지도 자신처럼 무척 고생하다가 안타깝게 운명을 달리했다고 했다.

그 사내는 누구보다 열심히 일했다. 새벽부터 신문을 배달하기 시작하여 먹고 잠자는 시간을 제외하곤 단 일 분 일 초도 쉬지 않고 일했다. 초등학교만 졸업했지만 남 몰래 공부해 검정고시로 중등 학력을 인정받았다. 열심히 일하다보니 고등학교는 직장에서 야간학교에 등록시켜 주었고 지금은 방송통신대학을 다니고 있었다.

몇 년 전 어느 날이었다. 하루는 그가 아침에 양치하던 중 혀끝에 무엇인가 걸린 듯한 느낌이 들었다. 기분이 이상해 우리 병원 이비인후과로 왔는데, 이비인후과에서 혹시나 하여 조직을 떼어내 보았다. 그런데 뜻밖에 암으로 나와 크게 혀를 도려내는 수술을 받았다.

다행스럽게 혀에 생긴 암의 악성도가 심하지 않아 수술만으로 문제없을 것으로 보였다. 그런데 반년 정도 지나 혀의 오른쪽에 다시 조그마한 게 생겨 또다시 제거하는 수술을 받았고 이후 별 탈이 없었다.

세 해 정도 흘렀는가 보다. 사내는 직장에서 주위에 머물며 돌보아주는 여인을 알았고 사랑하게 되었다. 직장일은 무척이나 바쁜데다 대학 졸업논문으로 눈코 뜰 새 없는 초여름이었다. 갑자기 열이 높아 다시 우리 병원에 왔는데 허파에 고름이 잡힌 폐농양이라는 진단을 받았다. 바로 입원하여 한동안 항생제를 맞았으나 크기가 줄어들지 않자 내과에서 흉부외과로 옮겨오게 된 것이다.

내가 처음 그 사내를 보았을 때 바쁘고 가난한 생활에도 불구하고 문구점에서 방금 사온 새 자처럼 반듯하고 표정이 밝았다.

그의 첫마디가 이러했다.

"사장님이 열심히 일한다고 병가를 듬뿍 주셨는데 언제부터 출근할 수 있을지 말씀드려야 해요. 수술을 받으면 빨리 출근할 수 있겠죠?"

혀에 생긴 암이 폐 쪽으로 옮겨가 농양처럼 보이는 것이라고 직감한 나는 눈웃음으로 대답을 대신했다. 나는 그를 달래 빨리 직장에 복귀하려면 바로 수술해야 한다고 말했다.

막상 수술을 들어가 보니 폐 전체가 커다란 고름으로 뒤덮여 있었고 벌써 암이 가슴과 배를 나누는 횡격막과 심장주머니인 심낭을 먹은 상태였다. 나는 횡격막을 인공섬유로 바꾸고 한 쪽 허파를 전부 떼어내는 전폐절제술을 하려다 갑자기 멈추었다.

"큰 수술이 환자에게 얼마나 도움이 될까?"

폐를 떼어낸 빈 공간으로 기관지가 터지거나 고름이 찰 가능성이 높고 고름이 차게 되면 얼마 남지 않았는데 오히려 염증으로 고생하지 않을까 하는 우려에서였다. 나는 한동안 고민하다 고름만 걷어내고 수술실을 나왔다.

수술 후에 가족을 불러 상황을 설명하고 약물치료를 받자고 했다. 그러나 흉부외과에서 실밥을 뽑고 내과로 옮겨간 지 하루 만에 무슨 연유인지 다른 병원으로 가버렸다는 연락을 받았다.

"왜 그랬을까? 그렇게 설명하였는데 어떻게 그랬을까?"

수술하기 전과 수술한 후 병에 대해 설명할 때 얼굴을 들지 못하고 눈물을 흘리던 여인의 모습이 한동안 지워지지 않았다.

여름이 지나고 온통 병원의 앞뜰이 낙엽으로 뒤덮일 무렵이었다. 진료실 문을 두드리는 소리가 났다. 바로 그 사내였다.

"선생님 얼굴이 자꾸 떠올라 다시 찾아왔어요."

암으로 이름난 인근 병원으로 갔는데 이런 저런 치료를 받다 다시 왔다는 것이다.

"어떡하나. 예쁜 여자 얼굴이 떠올라야지. 청승맞게 의사 얼굴이 떠올라요?"

나는 그의 팔뚝을 잡으며 반갑게 인사하곤 가슴사진을 찍었다. 이젠 암이 진행되어 환자의 오른쪽 가슴에는 완전히 고름으로 가득 차 있었다.

"얼마 전 어머니께서 위암으로 돌아가셨어요."

그가 무심코 내뱉는 말에 잠시 놀랐다. 나는 갈색 가래가 계속 나올 거라고 말하고 사랑하는 여인에게는 응급으로 해결하는 방법을 알려주었다.

다음날 여인이 혼자 진료실로 찾아왔다. 나는 무엇 때문에 갈색 가래가 나오는가를 설명해주며 덧붙였다.

"얼마 남지 않았어요. 준비하세요."

그런데 예기치 않게 그녀가 되물었다. 너무 불쌍하여 같이 살기 시작했는데 혼인신고는 해야 하냐, 말아야 하냐는 것이었다.

"불쌍해요. 너무 불쌍해요."

그녀는 연신 눈물을 흘렸다. 나는 나지막한 음성으로 물었다.

"혹시 임신을 하셨어요?"

그녀는 고개를 끄덕였다. 나는 잠시 무슨 말을 할까 망설였다.

"모든 것이 자신이 결정해야 할 문제이지만……."

말끝을 흐렸지만 그녀는 내가 무슨 말을 할 것인지 알았다는 듯이 고개를 끄덕였다. 그 후 그녀는 몇 번이나 그의 상태를 알려주려 진료실로 들렀다. 마지막으로 그녀가 왔을 때 나는 편하게 마무리하게 입원을 권유했다. 그런데 그녀는 나에게 엉뚱한 질문을 했다.

"대학을 졸업하는 것이 마지막 소원이라는데 할 수 있을까요?"

나는 그녀를 빤히 쳐다보다가 다가가 등을 두드려주며 어려울 것 같다고 말해주었다.

몹시 추웠던 그해 정월, 내가 식도수술을 하고 있는 중에 사내가 응급실로 실려 왔고 한 여인이 급히 나를 찾는다는 연락을 받았다. 다음날 출근하니 진료실 앞에 그녀가 앉아 있었다.

"이때까지 너무 고생했어요."

나는 따끈한 차를 한 잔 건네며 차디찬 손을 꼭 쥐어주었다.

20 죽은 사람도
살리는 의사

출근하자마자 응급의료센터에서 전화가 왔다. 병원 부근에서 교통사고가 났는데, 속도를 내어 달리던 오토바이가 좌회전을 하던 승용차와 부딪힌 사고라 하였다.

'월요일부터 웬 폭주족이 사고를 내었을까?'

나중에 알고 보니 그는 폭주족이 아니라 성실한 회사원이었고 출근용 오토바이를 타고 가다 일어난 교통사고였다. 응급의료센터로 달려가니 다친 청년은 머리 쪽을 컴퓨터 단층촬영을 하러 가고 없었다. 나는 가슴사진을 보며 그가 오기를 기다렸다.

한 오 분이나 지났을까.

"이렇게 안 올 리 없는데……."

갑자기 불길한 생각이 들어 컴퓨터 단층촬영실로 걸음을 재촉했다. 아니나 다를까. 멍이 들고 타박상을 심하게 입은 허파에서 피가래가 나와 그는 거의 숨을 쉬지 못한 채 온몸이 꺼멓게 변해 있었다. 심장도 거의 정지한 것처럼 보였다. 피가 왈칵 나올 때 반사적으로 한 번 숨을 들이쉬었을 뿐 호흡도 멈춘 상태였다.

나는 급히 이동용 침대로 그를 옮기고 응급의료센터로 달렸다. 이러다간 놓칠 수도 있겠다 싶어 달리면서 계속 가슴을 누르는 심장 마사지를 하였는데 간혹 한 번씩 큰 숨을 내뱉었다.

'살아야 되는데, 반드시 살려야 되는데……'

속으로 되뇌며 응급의료센터에 도착하자마자 기도로 튜브를 넣고 입을 대고 바람을 불어 넣었다.

"울컥~, 울컥~"

기도를 통해 검붉은 피가 한 번씩 올라왔다. 급히 심전도를 달아보니 심장이 일 분에 스무 번 정도 느리게 뛰고 있었다. 나는 왼쪽 가슴에 칼집을 내어 볼펜 굵기 만한 튜브를 가슴 속으로 밀어넣었다. 왈칵 솟구친 피가 공기와 함께 흰 가운에 선연한 무늬를 만들었다. 드디어 그의 얼굴이 보얗게 되면서 정상으로 돌아왔다. 나는 청년을 재빨리 중환자실로 올리고 인공호흡기를 연결하였다.

며칠이 지나자 가슴사진의 왼쪽 아래 허파가 짜부라져 오른쪽 허파와 심장이 왼쪽으로 밀려간 것처럼 보였다. 그는 의사나 간호사가 지시하는 대로 잘 하였지만 숨쉬기가 어려운지 헉헉거렸다. 어제 가슴사진과는 차이가 없었지만 살갗 밑으로 들어간 공기가 피하기종을 만들어 환자가 풍선처럼 부푼 상태였다. 어딘가 잘못되었다고 직감했지만 어떻게 확인해야 하나 망설였다. 먼저 가슴 컴퓨터 단층촬영을 하기로 했다.

다음날 출근하자마자 중환자실로 가니 그는 벌써 컴퓨터 단층촬영실로 내려가고 없었다. 진료실에 대기하고 있는 환자가 있다는 연락을 받고 내려와 몇 사람을 진료하던 중이었다. 컴퓨터 단층촬영실에서 급한 연락이 왔다.

"환자가 죽은 것 같아요!"

후다닥 촬영실로 달려가니 그는 이미 응급의료센터로 가 있었다. 인공호흡을 해도 앞가슴이 전혀 올라오지 않았다. 기관지삽관이 막혔나 싶어 급히 튜브를 빼고 인공호흡을 하다 다시 기도로 튜브를 넣으니, 그제야 심장이 서서히 뛰기 시작했다. 나는 급히 오른쪽 가슴에 튜브를 넣어 공기를 뽑아내었다. 또 양측 가슴 윗부분에 상처를 내어 근육과 살갗 밑에 가득 차 있는 피하기종을 문질러 짜서 뽑아내었다. 그 와중에도 다행스럽게 오줌은 조금씩 나왔다. 나는 중환자실로 환자를 옮겨 인공호흡기를 달고 옆에 쭈그리고 기다릴 수밖에 없었다. 입에서 신음이 저절로 나왔다.

"아……, 겨우 살린 건가?"

하루가 지나자 청년의 의식이 돌아오고 숨도 그런대로 고르게 되었다. 그러나 그에게서 인공호흡기를 떼기는 정말 어려웠다.

내과 의사와 번갈아 이틀을 옆에 앉아 숨을 잘 쉬지 않는 그를 거의 때리다시피 독려하여 거우 인공호흡기를 제거하였다.

그러나 어찌된 일인지 그는 좋아지지 않고 오히려 산소를 받아들이는 허파의 능력은 더욱 떨어졌다. 다시 가슴사진을 촬영해보니 왼쪽 위의 허파마저 완전히 막힌 것이 보였다. 컴퓨터 단층촬영을 다시 시행해 삼차원으로 기관지를 확인하고, 기관지 내시경을 하여 확인하니 기도가 오른쪽, 왼쪽으로 갈라지는 부위에서 손가락 한 마디 정도 지나 왼쪽 기관지가 거의 막혀 있었다. 나는 급하게 기관지 안에 금속철망인 스텐트를 끼워 막혀진 부위를 늘리는 시술을 하기로 했다. 그러나 기관지가 너무 좁아져 스텐트

를 넣기 전 먼저 넣는 가느다란 철사줄조차 들어가지 않았다. 그는 아무리 산소를 많이 주어도 숨이 가쁘다며 헐떡였다.

나는 기관지성형술이란 어려운 수술을 하기로 마음먹었다. 그 수술은 잘라 없애는 수술이 아니라 정상적인 허파를 최대한 많이 남기기 위해 기관지를 이어주는 수술방법이다. 외상이나 결핵 후유증으로 기관지가 좁아져 있거나, 폐기능이 나빠 한쪽 허파를 완전히 제거하기 어려운 경우 시행한다. 기관지협착증에서 짜부라진 허파조직에 염증이 없으면 기관지성형술을 하면 정상적인 폐 기능을 되찾을 수 있다.

그러나 허파의 상태가 나빠 만약 조금이라도 허파를 잘라내야 한다면 수술이 잘 되어도 살 수 있을까 걱정되었다. 더욱이 막힌 허파의 아랫부분이 괜찮은지 알 방법도 없거니와 이미 막힌 지 한 달 가까이 되지 않았는가. 또한 기관지가 압력에 의해 터지면서 염증이 심했던 터라 수술이 여간 까다롭지 않게 보였다.

예상대로 시간을 잡아먹는 어려운 수술이었다. 모든 것이 찰떡같이 붙어 떼어내기가 어려워 수술은 둘째 치고 대동맥과 단단히 붙어 있는 막힌 부위를 분리하는 것조차 긴장의 연속이었다. 여덟 시간의 긴 수술 끝에 막힌 부위를 잘라내고 오른쪽, 왼쪽 기관지가 갈라지는 부위 가까이에서 다시 위, 아래로 왼쪽 기관지가 갈라지는 경계부위를 바로 연결하는 수술을 마쳤다. 연결부위엔 떼어낸 늑막을 덧대고 생체 풀을 붙여 새지 않게 만들고 가슴을 닫았다.

수술이 끝난 후, 다음날 수술승낙서를 받기 위해 다른 환자의 가족을 불렀다. 우리 병원이 이차병원이어서 큰 수술이면 드물지 않게 대학병원으로 옮기겠다는 사람들이 있었다. 이 환자도 간호사로부터 대학병원에 아는 사람이 있어 옮기려고 한다는 말을 들은 터라 나로서는 무엇 때문에 마음이 바뀌었는지 궁금하지 않을 수가 없었다.

"어떻게 다시 수술을 받기로 하셨습니까?"

나는 궁금해 가족에게 물어보았다. 여인의 대답은 이러했다.

"저도 많이 알아봤어요. 다들 선생님을 죽은 사람도 살리는 의사라고 하던데요. 소문이 확 퍼져 있어요. 며칠 전 응급실에선 죽은 환자도 단칼에 구멍을 내어 살렸다던데요."

그녀는 진료실 문을 닫으며 다시 말을 이었다.

"얼굴은 곱상하신 분이 어떻게 그렇게 우악스런 수술을 하세요?"

'죽은 사람도 살리는 의사' 이것은 내가 지금까지 살아오면서 들은 최고의 찬사였다.

21 어느 이발사의 가을

    우리말에서 봄, 여름, 가을, 겨울이란 말의 어원은 모두 태양과 관련이 있다. 봄의 봄은 볕과 어원이 비슷하고, 산스크리트어로도 'bha∧om'은 빛을 뜻하는데 역시 태양과 관련이 있다.

    영어에서 봄을 뜻하는 spring은 '잎이 돋아남'이라는 뜻이고, 여름 summer는 '합계'를 의미하는 sum과 빛을 뜻하는 라틴어 mer가 합쳐진 것인데, 햇볕이 가장 센 계절이라는 뜻이다. 겨울 winter는 '물의 계절'을 뜻하는 독일어에서 나왔다. 낮은 기온과 더불어 비와 눈을 표현하던 단어가 겨울을 뜻하는 말로 굳어졌다.

    가을은 사투리로 '가슬', 또는 '갈'라고도 하는데 빛깔의 깔(갈)과 마찬가지로 태양이란 뜻을 가진 옛말이라 한다. 또한 '갈'이나 '가리'는 추수하다는 뜻도 있는데 곡식 단을 차곡차곡 쌓아 더미를 만든다는 뜻의 '가리다'도 그 뜻이 비슷하다.

찬비 후두이는 늦가을 저녁
코 벗겨진 낡은 구두를 벗다
오른 쪽 굽창이 떨어져나간 것을 알았다

낙엽의 잔해가 눌어붙고, 잔모래가 끼인 뒷굽
볼 틈도 없이 여름을 밟다가 가을을 밟는구나
흙가루 덕지덕지 묻은 구두
한동안 세상의 차이를 모르고
무딘 감각으로 지하철을 타고, 계단을 오르내리며
옹이 진 발바닥을 숨기고
먹이를 구해 여자를 안아 세상을 배웠구나
가을을 놓치는 사이 흰 꽃과 보라 꽃은 번갈아 지고
아픔을 숨죽인 채 너 헐떡이며 달려왔구나
좌우로 흔들리는 중심을 잡으러
비틀거리면서 어찌 견디었느냐
서러움을 견디었느냐

간만에 목젓을 울리며 내려다본다

고맙다, 다리야

- '귀가歸家'

옛날부터 가을은 한 해 동안 먹을 식량을 거둬들이는 시기로 풍요를 기원하는 의식이 벌어졌다. 우리나라에서도 부여, 고구려, 예 등에서 가을에 벌어진 영고, 동맹, 무천은 추수를 감사하여 하늘에 제사를 지낸 공동체 종교의식이다.

한편, 영국에서는 14세기 말까지 봄, 가을이라는 말 자체가 없었다. 봄은 그냥 여름의 일부, 가을은 겨울의 일부일 뿐이었다. 가을을 굳이 표현하려면 그저 harvest(수확)라고 했었다. 가을을 autumn이라고 부르기 시작한 것은 16세기 무렵 라틴어 autumnus에서 파생된 단어를 차용되면서부터다. 고대 로마인들은 가을을 추운 날씨로 바뀌는 시절이라며 '바뀌다'라는 뜻으로

vertumnus라고 불렀다. 여기에 수확이 늘어나는 계절이라는 뜻에서 '증가하다' 의미의 augere가 덧붙여져 오늘날의 autumn이 생겨났다. fall은 16세기 중반 영국에서 autumn과 동의어로 사용되기 시작했다. 봄과 가을이 여름과 겨울에서 독립하면서 '잎이 돋아남'과 상대되는 '잎이 떨어짐'으로 fall이 생겨났다.

이렇듯 가을은 두 가지 상반되는 의미를 지니고 있다. 하나는 결실과 수확을 의미하는 풍요의 상징이요, 다른 하나는 시듦과 쇠락을 의미하는 힘의 쇠퇴 또는 죽음의 상징이다. 사람에 있어서 가을은 노년에 해당되며 앞닐에 닥칠 죽음을 떠올리게 한다.

우리 동네 이발사 아저씨는 매해 가을이 되면 한숨을 쉰다. 곳곳에 할인점, 양판점이 생기고부터 아파트 상가의 웬만한 장사는 문을 닫는다. 그런데 빈자리마다 미장원이 들어와 가뜩이나 이발소에서 머리를 깎으려는 남자들도 적은데 나머지를 미장원에서 훑어간다고 한다.

"아세유~. 이발사 시험이 미용사 시험보다 어려워유. 면도 시험이 하나 더 있잖아유."

올여름에는 메뚜기도 한철이라고 짧은 머리가 유행하여 오랜만에 짭짤하다했더니 이제 이른 추위에 머리 깎기를 주저한다고 한다.

"그래도 올해는 좀 나았지만유. 잠수함인가 뭔가 내려와 단풍

구경 가는 양반들 좀 줄었잖아유."

이발소 삼색등 아래에서 불도 붙이지 않고 담배를 입에 문다.

"다 때려치고 싶어유. 마누라보고 미장원 하나 차리라고 하구시다나 해 버리까유."

입만 열면 한숨만 쉰다.

그런데 점심 무렵 병원으로 이발사 아저씨가 전화를 했다. 나는 아저씨에게 요사이는 손님이 늘었냐고 물었다.

"어휴, 요새도 날리고 있어유. 파리 말야유. 그런데 원장님. 내친구가 말여. 글쎄, 개인택시를 하는데. 대림동 삼거리에서 기절했다고 연락이 왔네유. 원장님께 가뵈라구 했는데. 잘 좀 봐 주세유."

나는 알았다며 전화를 끊었다. 도대체 어떤 병이기에 택시를 운전하다 정신을 잃었지? 그런데 아직까지 살아서 여기까지 온다? 나는 무슨 병일까 궁금했고 이 병이 흉부외과랑 어떤 관련이 있을까 생각했다.

조금 있으니 아저씨의 친구가 왔다. 약간 말라 보였는데 어쩐지 얼굴부터 통통하게 부은 느낌이 들었다. 남자는 말하기조차 어려운지 더듬더듬하며 쉬었다 다시 말하곤 했다. 그날도 복잡한 영등포를 빠져 나오느라 혼났다고 했다. 손님은 없고 길이 막혀 담배를 입에 물고 뻐끔뻐끔하는데 대림동 삼거리에서 신호등에 걸렸을 때 브레이크를 잡는 순간 '뻑'하며 뭔가 터지는 느낌이 들더니 정신을 잃었다는 소설 같은 이야기를 했다. 얼마나 시간이 흘렀을까. 깨어나 보니 근처 병원이었는데, 어떻게 연락이 되었는지 아내가 옆에 있었고 의사들이 사진을 찍어보곤 괜찮다고 했다는 것이다. 그래도 어지럽고 숨을 쉬기도 어려워 안 되겠다 싶어 산소를 빼고 곧장 우리 병원으로 왔다는 것이다.

청진기를 대니 왼쪽 가슴에서 숨소리가 전혀 들리지 않았고 청진기가 닿는 곳마다 뽀작뽀작거리는 소리가 났다.

'이거, 큰일 났구나.'

나는 긴장성 기흉을 직감하고 급히 사진을 찍고는 가슴을 졸이며 기다렸다. 가슴사진을 보곤 정말 놀랐다. 왼쪽 가슴이 완전히 짜부라져 심장 옆에 동전주머니처럼 붙어 있었고, 심장도 오른쪽으로 밀려 목숨이 하늘로 올라가려는 상황이었다. 아마도 응급실에선 한쪽 허파가 터져 완전히 짜부라지다보니 허파가 온전한 것으로 잘못 보았던 것 같았다.

나는 재빨리 왼쪽 가슴에 튜브를 넣어 공기를 빼내는 흉강삽관술을 했다. 튜브로 나오는 바람이 피리소리처럼 나더니 그제야 살았다고 숨을 크게 내쉬었다.

동네 이발소로 전화하러 자리에 앉았다 목이 칼칼해 밖으로 나와 자판기에서 음료수를 하나 뽑았다. 잠시 몇 모금 마셨을까. 숨을 돌리려는 순간 응급의료센터에서 급한 연락이 진료실 전화를 울렸다. 고등학교 삼학년 남학생과 중학생인 여학생이 거의 동시에 허파가 터진 기흉으로 왔다는 것이다.

  가을은 어느 계절보다 일교차가 크고 중간고사, 수능시험, 취
직시험 등 각종 시험이 몰려 있어 기흉이 많이 발생하는 계절이
다. 가을, 이 가을은 흉부외과 의사에겐 autumn인가 fall인가.

수건을 길게 자르세요 22

지금까지 수술받은 사람 가운데 가장 기억에 남는 사람이 누구냐고 물으면 나는 서슴지 않고 스물다섯 해 전에 수술했던 여든 세 살의 제부도 할머니를 말할 것이다. 그녀는 결핵성 농흉을 앓아 오른쪽 가슴의 절반쯤 두터운 고름이 찬 주머니를 가지고 있었고, 그 주머니와 기관지가 연결되어 밥 먹듯 각혈을 했다.

효자인 아들·딸들은 십년 전부터 용하다는 대학병원을 모두 들렀는데 할머니의 얼굴을 본 의사들로부터 신통한 대답을 얻지 못했다고 했다. 급기야 고름 가래가 성한 허파까지 망가뜨려 한 해에 절반 넘게 입원과 퇴원을 반복했다. 암일 것이란 말을 들었으나 건강 때문에 수술도 못했고 암이라면 죽을 텐데 기다려도 죽지 않자 우리 병원까지 오게 된 것이다.

나는 삼십 킬로그램을 조금 넘는 할머니의 고름주머니를 긁어내고 갈비근육으로 기관지를 막는 수술을 했다. 빈 공간은 등 근육인 광배근(넓은등근)을 혈관을 살려 끌어넣어 마무리 하였는데, 그 수술을 생각하면 지금도 '그땐 참 용감했구나.' 생각이 든다. 나는 그 덕분에 제부도 마을잔치에 아내와 두 딸과 함께 초대를 받았고, 바지락이 섬처럼 쌓여있는 바다에서 할머니의 첫째아들이 모는 배를 타고 석양을 바라보던 기억이 지금도 생생하다.

인도의 경전 베다에는 결핵을 '기울어지는 달, 또는 꺼져가는 불과 같다.'라며 '질병의 왕'이라고 표현했다. 고대 그리스와 로마 시대에도 문제가 되었고, 우리나라에서도 삼국시대부터 유행했을 정도로 결핵은 오래된 질병이다.

결핵균은 기침을 통해 전염되지만 햇볕에 노출되면 얼마 살지 못한다. 그래서 결핵은 햇볕이 들지 않는, 환기가 잘 되지 않는 곳의 면역력이 약한 사람에게 많이 생긴다. 그래서 산업혁명 이후 도시 근로자들이 모여 살던 빈민가에 결핵이 창궐하였다. 그래서 흑사병만큼 무섭고, 빈혈로 인해 하얗게 죽는다고 해서 '백색 페스트'라고까지 불리었다.

결핵은 문학에도 영향을 끼쳤다. 몰리에르, 발자크, 카프카, DH 로렌스, '보물섬'의 작가 로버트 스티븐슨도 결핵을 앓다 죽었다. 조지 오웰은 '1984년'을 탈고한 다음 얼마 되지 않아 죽었고, '제인 에어', '폭풍의 언덕', '애그니스 그레이'의 브론테 세 자

매는 매일 방에 모여 서로 문학에 대해 이야기를 나누었는데, 이로 인해 안타깝게도 모두 결핵에 걸려 죽었다. 이것은 결핵이 호흡기로 옮기는 병이란 게 밝혀지지 않았을 때 일어난 안쓰러운 경우이다. 유럽의 경우 요양소로 가는 기차역에서 가장 많이 결핵에 옮았다고 할 정도로 결핵은 전염력이 높은 질병이다.

드물게 결핵이 창작에 도움이 된 경우도 있다. 의사 서머셋 모음은 제1차 세계대전 때 폐결핵에 걸려 죽을 뻔했으나 용하게 살아나 '결핵요양소'라는 소설을 지었고, 결핵 요양원에 있던 아내를 만나러 삼 주간 머문 경험으로 토마스 만은 '마(魔)의 산'을 지어 1929년 노벨 문학상을 받았다.

우리나라에서도 이상, 이효석, 채만식, 김유정 등도 모두 결핵으로 세상을 떠났다. 요양원이 있던 마산에서 결핵에 걸렸다 나은 작가들이 '결핵 문학'을 태동시키기도 했다.

'아무도 날 찾는 이 없는 외로운 이 산장에 단풍잎만 차곡차곡 떨어져 쌓여있네. 세상에 버림받고 사랑마저 물리친 몸……'

한때 노래방 애창곡이었던 가수 권혜경의 '산장의 여인'도 작사가 반야월이 마산 결핵병원에 위문공연을 갔다 검사와 파혼하고 죽을 날만 기다리는 젊은 여인이 너무 불쌍해 그 자리에서 가사를 지었다. 이 노래에서 산장은 바로 마산 결핵병원의 '산장 병동'이다. 작곡은 같은 병원에 입원해 있던 작곡가가 곡을 만들었다고 한다.

　우리나라 최초의 여자 의사로 박에스더라고 불렸던 김점동도 마찬가지이다. 의사인 남편이 전염병에 걸려 죽자 잠시 미국으로 돌아가는 여의사 로제타에게 애걸해 김점동은 남편과 함께 미국으로 갔다. 남편이 막노동으로 학비를 벌고, 김점동이 먼저 공부를 시작했다. 그녀는 잠을 줄여가며 공부해 여섯 달 만에 고등학교에서 간호학교로 옮기고, 다음해 가장 어린 나이로 의과대학에 들어갔다. 그러나 남편이 미국에서 결핵에 걸려 죽고, 의사가 되어 돌아온 김점동도 한 해에 삼사천 명이나 되는 환자를 진료하다 결국 결핵에 걸려 죽었다. 그녀는 로제타와 함께 우리나라에 맹아학교와 간호학교를 세웠다.

흉부외과의 역사에도 결핵에 걸려 죽을 뻔했던 노먼 베순이란 의사가 유명하다. 그는 결핵 요양소에 들어가 죽을 날을 기다리다 우연히 결핵을 수술하여 치료할 수 있다고 쓴 책을 읽고 수술받은 후 흉부외과 의사가 되었다. 그는 각종 수술기구를 만들었고, 스페인 내전과 태평양전쟁에서는 스페인 반군과 중국 공산당의 군의관으로 활약했다.

일 년 내내 고열과 각혈에 시달린다는 노인이 아들과 함께 진료실로 왔다. 가슴사진을 찍으니 결핵으로 인해 폐가 망가져 온통 빈 공간이 되어있었다. 나는 아들에게 말해 입원시키고 가슴 컴퓨터 단층촬영을 했다. 큰 공간이 기관지와 연결되어 있었고 가래 같은 고름이 차 얼마 남지 않는 폐까지 망가뜨리고 있었다.

"매일 열이 나니 어떡해야 할지 모르겠어요. 고름 냄새 때문에 같이 살기 어려워요."

그는 아버지가 매일 드시는 해열진통제를 쇼핑백에서 꺼내 보여주며 아버지 때문에 자신은 물론 아내와 자식의 건강도 걱정된다고 말했다.

"이렇게 약 드시고 성하신 게 신기해요."

나는 그를 검사실로 보내 폐 기능을 측정해 보았다. 이 정도의 폐 기능으로는 수술하는 것은 물론 살아있는 것조차 버거웠다.

나는 검사결과를 설명하려고 아들을 만났다. 그는 무거운 표정을 지었다.

"이제 지쳤어요. 살든 죽든 수술로 결정하려고 해요."

나는 큰 수술을 하면 큰일을 치를 거라며 아들을 설득했다.

"수술의 목적은 병이 낫는 것이 아니에요. 사는 것이에요. 수술만 잘 되면 뭘 합니까? 돌아가시면 끝이에요. 염증만 덜 생기게 몸 바깥으로 구멍만 내도록 합시다."

나는 환자를 앉히고 수술침대에 몸을 기대게 했다. 소독약으로 수술부위를 닦고 살갗을 마취한 다음 미리 표시해 두었던 고름이 찬 공간이 있는 살갗에 H모양으로 반 뼘 가량 절개했다. 수면유도제를 조금 준 다음 골막이라고 부르는 갈비뼈 껍질에 전기칼로 손가락 두세 마디 정도 절개한 뒤 기구로 껍질을 벗기고 갈비뼈를 떼어냈다.

노인이 아프다고 소리를 질렀다. 나는 국소마취약으로 다시 마취한 다음 둥그렇게 구멍을 내고 빈 공간 안쪽을 깨끗이 한 다음, H모양의 위아래 살갗을 가슴 속으로 말아 꿰매주었다. 그곳에 거즈를 말아넣고 수술을 끝냈다.

수술 후 아들을 불렀다.

"하루에 한 번씩 거즈를 갈아주면 폐렴에 걸리지 않고 살 거예요."

아들은 눈을 둥그렇게 뜨고 되물었다.

"거즈를 어떻게 매일 갈아요?"

"거즈를 가는 것은 등 뒤라서 아버지가 하기 어려워요. 저녁에 퇴근하시면 비닐장갑을 끼고 갈아주시면 되는데……. 새 거즈를 매번 사용하지 않아도 돼요."

아들은 고개를 갸우뚱하더니 물었다.

"오히려 깨끗한 수건이 나을 수 있어요. 자, 이 종이를 수건이라고 칩시다. 이렇게 길쭉하게 네 등분 아니면 다섯 등분을 해서 집게로 말아서 넣으면 빈 공간이 꽉 차요. 그렇게 하는 게 편할 수 있어요. 한번 쓴 것은 씻어 햇볕에 말려 다시 사용하셔도 돼요."

"다시 사용해도 된다구요?"

"새 것을 사용하면 좋겠지만 다시 사용하셔도 나쁘진 않아요."

퇴원할 때 나는 아들에게 수건을 가져오라고 해 가위로 잘라 가슴 안에 넣어주는 시범을 보였다.

그제야 아버지와 아들은 웃으며 손을 잡았다.

23 성악설이냐, 성선설이냐?

　혼히 나쁜 짓을 저지르는 사람을 짐승이라고 부른다. 착하고 선한 일을 하면 사람다운 도리를 한다며 '인도적'이라고 한다. 정말 짐승은 야만적이며 사람은 차츰 문명화되었을까?

　예로부터 사람이 악하게 태어나느냐, 선하게 태어나느냐는 철학자들의 화두였다. 맹자는 사람은 태어날 때 착하나 환경에 의해 사악하게 변한다는 성선설(性善說)을 주장하였다. 반면에 본성은 악하게 태어나지만 가르침에 의해 순하게 된다는 성악설(性惡說)은 순자가 주장하였다. 사람은 동물과 다를 바가 없는 존재라는 생각인 성악설이 맞을까? 아니면 반대로 성선설이 맞을까?

　우리는 유인원을 통해 인간의 본성을 짐작할 수 있다. 침팬지를 비롯한 유인원은 아직도 낯설지만 과학자들의 노력으로 많은 것이 알려졌다. 그러나 아직도 알려진 것보다 그렇지 않은 것이 더 많다. 침팬지가 우리와 가장 가까운 유인원이라는 사실은 탄자니아의 밀림에서 사십여 년 동안 침팬지와 같이 생활한 제인 구달에 의해 밝혀졌다. 침팬지는 엄격한 위계질서를 가진 수컷 중심의 사회를 이루고, 육식을 즐기고, 도구를 만들어 쓸 줄 안다. 잔인한 폭력을 휘둘러 상대를 다치게 하거나 죽인다. 또한 끔찍한 유아살해도 서슴지 않고 저지른다. 침팬지 수컷들은 권력을 쟁취하기 위해 동맹을 하고 배신도 밥 먹듯이 한다. 침팬지의 그런 행동을 보면 인간은 본래 악하게 태어난다는 '성악설'에 힘이 실린다. 그러나 한때 피그미 침팬지라고 잘못 알려졌던 보노보가 등장하면서 그런 생각이 많이 바뀌었다.

겨울에 접어들 무렵, 일흔이 넘은 할아버지가 곱상한 할머니를 따라 병원에 왔다. 기침이 오래 되었다는 할아버지는 담배 냄새를 풍기며 할머니를 몸종 대하듯이 다뤄 나를 놀라게 했다. 그는 나에게 데퉁스레 한 마디를 던졌다.

"기침약만 좀 주시우."

두세 발짝 떨어져 서있던 할머니는 깜짝 놀라 말했다.

"아니에유. 할아버지가 기침한지 오래 됐시유. 검사를 해야 되유."

나는 할아버지를 겨우 달래 가슴사진을 찍었다.

가슴사진을 보고 놀랐다. 온통 기관지가 두터워져 폐가 허옇게 되었고, 대동맥 부근에 보름달처럼 허연 덩어리가 떠올라 있었다. 폐암을 의심할 수밖에 없는 결과였다.

"할아버지, 담배 많이 피우셨네요. 하루에 몇 갑 피우셨어요?"

내 말에 할아버지는 하루에 두세 갑은 기본이고 한참 때는 열 갑도 피워 봤다고 너스레를 떨었다. 술도 하루에 빨간 뚜껑 대여섯 병은 마셔도 거뜬하다고 자랑했다. 나는 빤히 할아버지의 얼굴을 쳐다보았다.

'이거, 수술까지 가기는 어렵겠는데…….'

재벌도 아닌 사람이 그 정도 술과 담배를 하였다면 술, 담배 값은 있어도 수술비는 없을 가능성이 아주 높기 때문이다.

"아이구, 할아버지. 술은 둘째 치고 담배값으로 웬만한 아파트 두세 채는 날렸겠네요."

"암, 그렇지. 그래도 사내라면 한번 사는 인생, 계집 여럿 끼고 재미있게 살아야지."

나는 그 말을 듣고 '할머니가 꽤나 고생했겠구나.' 하는 생각과 동시에 '돌아가실 때나 철들겠구나.'라는 생각이 떠올라 불현듯 할머니가 불쌍해졌다. 곱상하게 생긴 할머니 뒤켠으로 할아버지 때문에 고생한 상처가 숨어 있었다.

우여곡절 끝에 수술에 들어가기 위해 가족을 불렀다.

"할아버지가 대단하신 거 같아요. 그렇게 술, 담배를 하셨는데 체력이 괜찮아요."

그러자 아들은 고개를 돌렸고, 할머니는 눈물을 글썽였다.

"아버지가 돌아오신지 채 십 년이 안 돼요. 어머니가 젊을 때 너무 고생하셨어요. 행상을 하면서 겨우 저희들을 공부시켰어요. 참 예쁘셨었는데……."

나는 할머니 이마에 주름을 쳐다보았다. 밭고랑처럼 파였지만 나이를 감안하면 참 예쁜 얼굴이었다.

"저는 기억에 아버지가 매일 술 먹고 들어와서 어머니에게 욕하고 때렸던 기억밖에 없어요."

나는 이들의 말을 끊었다. 더 이상 들어보았자 좋은 소리가 나올 리가 없었다.

"우리 몸의 대동맥이 고리 달린 지팡이처럼 생겼거든요. 컴퓨터 단층촬영에서 대동맥궁이라고 부르는 고리 부분이 암 덩어리와 나눠지지 않아요. 수술해보겠지만 나눠지지 않으면 못하고 나올 거예요."

나는 두 사람의 눈치를 보았다.

"수술에서 제일 위험한 것은 나이에요. 할아버지가 연세도 많이 드셨지만 생리학적인 나이가 훨씬 많아요. 자동차로 말하자면 얌전하게 운전하지 않고 엑셀레이터 밟았다, 브레이크 밟았다, 험하게 운전하신 거예요. 자동차도 닦고, 조이고, 기름 치지 않으면 쉬이 망가지는 거예요. 이렇게 말씀드리면 기분이 나쁘실지 모르겠지만 폐차할 때가 다 되었다는 뜻이에요."

아들이 그 말을 듣고 비식 웃었다.
"군의관 하셨어요? 저는 삼 년
간 공병대에 있었어요."

그 말을 듣고 나도 웃었다.
군부대 공병대 앞에는 어느 곳
이든 '닦고 조이고 기름치자'는
구호가 대문짝만하게 붙어있기 때
문이었다.

수술을 시작하기 전부터 어려웠다. 마취를 시작할 때 입을 통
해 기도 속으로 숨 쉬는 통로인 튜브를 넣어야 하는데 담배를 오
래 피운 사람들은 기도가 동그랗지 않고 마치 비석처럼 길쭉해져
두 개짜리 튜브가 쉽사리 들어가지 않았다. 난 마취과 의사에게
농담했다.

"신선놀음에 도끼 자루 썩는 줄 몰랐죠."

왼쪽을 위로 가게 모로 눕히고 소독약을 발랐다. 손을 씻고 수
술방으로 들어오니 소독포가 덮여있었다. 나는 다섯 번째와 여
섯 번째 갈비뼈 사이를 열었다. 원래 선홍색인 허파는 담배를 피
우면 견디다 못해 검게 얼룩이 진다. 할아버지의 허파는 온통 검
은 색이었다. 수술을 도와주는 간호사가 나에게 물었다.

"담배를 피우면 왜 검은 색으로 변해요?"

나는 피식 웃으며 말을 받았다.

"비만세포가 타르를 삼키지 못해요. 그래서 허파에 박히는 거예요."

결핵을 앓았던지 군데군데 늑막이 단단히 붙어 수술하기 쉽게 박리하는데도 꽤 오랜 시간이 걸렸다. 앞가슴 뒤쪽 불룩한 지방 덩어리에도 너덧 개 림프샘이 숨어 있었다. 그 지방 덩어리를 타고 대동맥 고리 주변의 두터워진 늑막을 벗겨나갔다. 대동맥과 암이 겨우 나누어졌다.

수술이 끝나니 할머니가 수술실 앞에 앉아있었다.

"수술이 잘 되었어요. 할머니 걱정하셨죠?"

할머니는 나를 보고 피식 웃더니 손을 잡았다.

"밉더라도 수술은 해줘야쥬."

할아버지는 예상보다 빨리 중환자실을 나와, 나흘 째 되는 날 가슴에 꽂아놓은 튜브를 뽑았다. 나는 걱정이 되어 할아버지에게 부탁했다.

"튜브를 뽑고 나서도 한동안 조심해야 해요. 함부로 하면 상처가 덧나요. 담배 피우지 마시고, 술은 절대 드시면 안돼요."

다음 날 오후, 외래 진료가 끝날 무렵이었다.

"경찰서라는데 바꿔 달래요."

외래간호사가 나에게 전화를 돌렸다. 나는 전화를 받고 깜짝 놀랐다. 그 할아버지가 경찰서에 있었다. 몰래 병원을 빠져나가 병원 후문에 있는 편의점에서 소주를 사서 그 자리에서 한 병을 들이컸다는 것이다. 거기까지는 좋았다. 라면을 먹는 청년과 티격태격하다 청년을 때려 경찰서에 잡혀왔는데, 외투를 벗겨보니 환자복이라 병원으로 연락했던 것이었다.

그건 서막에 불과했다. 퇴원하고 나서는 시시때때로 외래에 전화를 걸어 간호사에게 "이년, 저년"을 하지 않나, "민원을 올려 골탕 먹이겠다."고 협박하지 않나, 전화를 걸기만 하면 한두 시간씩 끊지 않고 욕을 해 진료를 어렵게 만들었다.

하루는 외래간호사가 진료실로 뛰어 들어왔다. 한 시간 이상 전화를 끊지 않아 바쁘다며 끊었더니만 혼내주겠다며 달려 왔다는 것이다. 씩씩거리는 할아버지를 더 이상 놔 둘 수가 없었다. 나는 할아버지 눈을 노려보았다. 뭔가 잘못 돌아가는 것을 느꼈던지 그는 팔을 내리더니 잠잠해졌다.

그 이후로 할아버지는 잘 오지 않았다. 나는 할아버지를 진료할 때마다 아무 일도 없었다는 듯이 대하고 일부러 아픈 주사를 엉덩이에 하나 쿡~ 놓았다. 반년이 흘렀을까. 다시 컴퓨터 단층촬영을 하니 암은 재발하지 않고 좋았다. 텔레비전에서는 설악산부터 단풍이 절정이라는 뉴스가 나올 무렵이라 다들 단풍놀이 가느라 병원이 한산할 때였다. 할머니가 갑자기 진료실 문을 열었다.

"수술하지 않을 걸 그랬어유. 선상님이 살렸으니까 선상님이 죽여줘유. 폐차 직전이라면서유. 이제 기름 치지 않고 폐차하면 되잖아유. 죽여줘유."

할머니의 눈에서 구슬 같은 눈물이 굴러 떨어졌다. 자세히 보니 할머니의 옷이 찢겨져 있고 할아버지에게 맞았는지 얼굴엔 멍이 들어있었다.

성악설이 맞을까? 정말 사람이란 악하게 태어난 동물인가?

24 세 가지 마음을 가진 사람

은행장이었던 케네디 대통령의 아버지 조지프 케네디가 점심을 먹은 다음 산책하다 구두닦이를 만났다. 구두닦이는 단번에 그를 알아보고 구두를 닦으면서 말을 걸었다.

"요즘 구두를 닦는 사람이 많아요. 경기가 좋으니까요. 너도 나도 주식을 사기에 저도 따라서 주식을 샀다니까요."

그는 이야기를 듣자마자 한 쪽 구두를 덜 닦은 채 뛰어가 가지고 있던 주식을 팔았다. 며칠 후 미국의 주식은 무섭게 떨어져 케네디 대통령의 아버지는 큰돈을 벌었다고 전한다. 묻지마 투자자들이 덩달아 주식을 샀다는 것을 주식이 떨어질 때가 되었다는 징조로 감지했던 것이다.

사람이 가지고 있는 욕구에는 어떻게든 살아남으려는 생존 욕구부터 자아실현 욕구까지 끝이 없다. 매슬로우(Abraham Maslow)는 사람들은 가장 기본적인 욕구인 숨쉬고, 먹고, 자는 생리적 욕구를 맨 먼저 채우려 하며, 이 욕구가 어느 정도 충족되면 신체적, 감정적, 경제적 위험으로부터 보호받고 싶은 안전 욕구를 가지려고 한다고 했다. 이것마저 충족되면 누군가를 사랑하고 싶고, 친구들과 사귀고 싶고, 또 가족을 이루고 싶은 욕구인 사랑과 소속 욕구를, 그리고 다음은 더 나아가 명예욕, 권력욕 등 존경 욕구를 가지려 하고, 마지막으로는 자기 발전을 이루는 자아실현 욕구를 채우려 한다는 것이다.

이런 매슬로우의 다섯 단계 이론은 우리 삶에 큰 의미를 지닌다. 사람이 무엇을 위해 사는가에 대한 답을 주고, 어떻게 살아갈 것인가를 스스로 묻게 만든다.

그런데 우리가 살다 보면 또 다른 커다란 욕구와 마주친다. 바로 미래에 대한 욕구이다. 사람은 미래를 미리 알기 위해 노력하고, 기도하거나 점을 보거나 수양하기도 한다. 그러나 케네디 대통령의 아버지처럼 미래를 예측할 수 있는 재주를 가진 사람들은 하등동물이 자연재해를 감지하듯 쉽게 세상을 풀어나간다. 조지프 케네디는 대통령이 되려면 반드시 군대를 가야 한다며 애디슨병을 앓아 허약한 아들 존 에프 케네디를 강제로 최전방 전쟁터에 보내기도 했다. 그러나 나를 비롯한 평범한 사람들은 미래를 예측하지 못해 예기치 않게 어려운 상황에 맞닥뜨린다.

오십대가 된 회사원이 폐렴으로 입원했다. 그는 보통 폐렴이 아니라 오른쪽 폐가 썩어 문드러진 듯한 빈 공간이 있었고 늑막에도 꽤 물이 차 있었다. 나는 폐렴을 만든 세균을 알아내기 위해 가래와 늑막에서 고름을 뽑아 검사했고, 오른쪽 가슴 밑으로 볼펜 굵기의 튜브를 넣어 고름을 빼내었다.

그러나 그는 병이 병이니만큼 열이 내리지 않아 얼음주머니를 겨드랑에 끼고 살았고, 해열제 주사를 많이 맞아 엉덩이는 딱딱해졌다. 그나마 폐렴은 약간 좋아졌으나 늑막의 고름은 좀처럼 낫지 않았다. 나는 늑막 안으로 들어간 튜브에 Y자 모양의 연결관을 달고 가슴 속으로 항생제를 넣어 씻어내야 했다.

진료실로 가족이 찾아왔다. 부인은 설명도 듣지 않고 나를 보자마자 울먹였다.

"담배도 못하던 사람이 삼사 개월 동안 줄담배를 피웠어요. 매일 술에 절어 집에 들어오고……."

나는 잠시 머뭇거리는 사이 그녀에게 물었다.

"좋지 않은 일이 있었나요?"

"집에서는 아무 말도 안 하니 도통 알 수가 없어요. 혼자 중얼거리기도 하고, 욕하기도 하고, 이러다가 큰일 나겠다 싶었는데, 결국……."

나는 화장지를 집어 그녀에게 주었다. 그녀는 겨우 참았던 눈물을 터뜨렸다.

"잘 나가던 직장을 옮겨서 그래요. 뭔가 홀린 듯이 삼년 전에 직장을 옮기더라구요."

나는 그녀의 말을 막으며 남편의 상태를 말해주었다.

"겨우 고비에서 벗어났어요. 아직 살았다고 할 수 없어요."

병실에서도 그는 전혀 말이 없었다. 멍하니 창밖을 보는 일이 하루 일과였고, 내가 물어보아도 멀뚱거리며 대답하지 않았다. 나는 궁금해 간호사에게 물어보았다.

"저 분 말하는 것 봤어요?"

간호사들도 한 번도 보지 못했다는 것이다. 어느 간호사는 부

인에게 "말 못하는 분이냐?"고도 물어보았다고 했다.

다행스럽게 썩어 들어가던 허파가 아물며 늑막의 고름도 줄었다. 나는 부인에게 남편의 상태를 다시 말했다. 그때서야 그녀의 웃는 모습을 처음 보았다.

며칠이 지났다. 그의 상태는 이제 걸어다닐 만큼 좋아졌다. 그런데 병실을 지나가는데 복도 끝에서 우는 소리가 들렸다. 나는 간호사에게 무슨 소리냐고 물었다.

"아무 말도 없던 그 분이에요. 갑자기 어제부터 울기 시작했어요. 달래도 소용없고요. 어떨 땐 얼마나 크게 우는지 같은 병실 환자들이 쫓아내 책방 앞에서 울고 그래요."

나는 훌쩍이는 사내 곁으로 다가가 말했다.

"병실에서 우시면 곤란해요. 정 마음 놓고 우실 장소가 마땅치 않으면 제 진료실로 오세요. 제가 진료 안 볼 때는 크게 우셔도 뭐라고 할 사람이 없을 거예요."

그 이후로 그는 조용해졌다. 나는 숨쉬기 좋게 만들기 위해 오른쪽 아래 두터워진 늑막을 풀기로 했다. 늑막주머니 사이로 약물을 넣어 녹이는 작업을 두세 번 하니 피가 섞인 물이 나오며 가슴 사진이 좋아졌다.

나는 그에게 가슴에 꽂힌 튜브를 제거하면서 말했다.

"내일 퇴원하셔도 됩니다. 나가시더라도 한동안 술 드시지 마세요. 간이 견딜 수 있을 정도로 드셔야죠. 담배는 반드시 끊으세요."

나는 가슴에 난 상처부위에 반창고를 붙였다.

다음날 그는 퇴원하기 전에 내게 물어볼 게 있다며 진료실로 내려왔다. 그의 하소연이 시작되었다.

"은행에서 어렵게 승진했는데 말이에요. 그런데 다음날 선배를 통해서 다른 회사로부터 연락이 왔어요. 몇 년 안에 임원을 시켜주겠다면서 내 손을 잡더라구요. 정말 삼 년 동안 죽자 사자 일만 했는데……."

그는 분노를 참지 못해 잠시 머뭇거렸다.

"선생님도 말이에요. 병원을 옮길 때 조심하셔야 해요. 처음에는 어떻게든 마음을 사로잡으려고 해요. 그러나 그게 참~, 오래가지 않아요."

나는 그를 보고 빙긋이 웃었다.

"돈 많은 사람들은 모두 세 가지 마음을 가지고 있어요."

나는 그 말에 솔깃했다.

"무슨 마음이 세 가지나 있겠어요?"

그는 나의 눈을 빤히 쳐다보더니 말을 이었다.

"처음엔 맘에 드는 사람이 있으면 욕심(慾心)을 내요. 연애랑 비슷해요. 가지려한단 말이죠. 두 번째는, 일단 자기 사람이 되었다면 무엇이든 의심(疑心)을 해요. 그게 정말 문제예요. 그리고 마지막엔……, 다 써먹었다 생각하면 변심(變心)해서 바로 차버리는 거예요. 절대 믿지 마세요."

그는 씩씩거리면서 열변을 하더니 금방 시무룩해졌다.

"저에게 말하고 속이 후련해졌다면 다행이에요. 그러나 너무 비관적으로 생각지 마세요."

그는 양쪽 어깨를 구부린 채 입술을 찡그렸다.

"일본에서 가장 비싼 굴이 나오는 곳이 어딘지 아세요? 아카시 만이라는 곳이에요. 워낙 파도가 심해 바닷물이 마치 폭풍우처럼 쏟아져요. 거센 파도가 바닷물 속에 서식하는 굴을 이리저리 때리는데, 그곳에서 가장 맛이 좋은 굴이 만들어진다는 거예요. 미래를 미리 예측할 수 있다면야 얼마나 좋겠어요? 그러나 지금 파도만 조금 견디시면 아직 젊고 능력이 있으시니까 꼬~옥 좋은 일이 있을 겁니다."

나는 이 말을 하면서도 생각했다.

'제발 그렇게 되어 기 펴고 살면 얼마나 좋을까?'

원피스 한 벌과 숙녀화 한 켤레

가수 심수봉의 '백만 송이의 장미' 원곡은 1981년 라트비아의 한 방송국에서 주최한 노래경연대회에서 우승한 노래이다. 그러나 원곡은 제목도 다르거니와 가사 또한 우리가 아는 것과 판이한데, '라트비아 최고의 여신이 딸을 낳았으나 행복은 주지 않았다.'라는 옛 소련에 대한 저항적인 내용이다. 이후 에스토니아, 리투아니아와 함께 소련으로부터 독립했으니 노래의 힘이 엄청나다고 할 수 있겠다.

이 노래가 널리 알려지게 된 것은 아이러니하게 라트비아가 아닌, 러시아 가수 알라 푸코초바가 부른 가사 때문이다. 이 또한 가수 심수봉의 노래와 제목은 같지만 가사는 상당히 다르다. 옛 소련에서 그루지야로 부르는 조지아의 가난한 화가가 주인공인데 유랑극단의 프랑스 배우를 사랑한 나머지 장미꽃을 선물하며 일어났던 사건을 다루고 있다.

> 화가가 살았네. 홀로 살았네.
> 꽃을 좋아하는 여배우를 사랑했다네.
> 집을 팔고 그림을 팔고 피를 팔아
> 바다도 덮을 만큼 장미를 샀다네.
> 백만송이 백만송이 백만송이 붉은 장미
> 창가에서 창가에서 창가에서 그대가 보겠네.
> 사랑에 빠진 사랑에 빠진 사랑에 빠진 누군가
> 그대를 위해 삶을 꽃으로 바꿨네.

이렇게 시작하는 가사는 당시 이름난 러시아 시인의 시를 차용한 것이다. 한 가난한 화가가 자신의 모든 걸 팔아 여자에게 백만송이의 장미를 선물했는데, 그것을 본 여자는 다른 곳으로 떠나두 사람은 다시 만나지 못했고, 모든 걸 잃은 화가는 가난하게 살다 죽었다는 내용이다. 이 화가의 슬픈 이야기가 전해 내려온다.

1812년 조지아의 시골에서 태어난 화가는 일찍 고아가 되어 열두 살에 집을 나와 기차역에서 물건을 하역하는 일을 했다. 정식으로 미술교육을 받지 않은 화가는 선술집에서 술을 같이 마시던 동료에게 자신이 그린 그림을 나누어주었는데, 어느 날 수도 트빌리시에서 우연히 그의 그림을 산 사람이 프랑스 화단에 소개해

독특한 화풍으로 큰 반향을 일으킨다. 이로 인해 그는 러시아 화단에서도 인정받고 화가로 전업해 그렇게 원하던 집을 사고 풍족한 삶을 누린다.

하지만 화가에게 행운이 왔을 때 서글픈 사랑이 덩달아 찾아온다. 그가 공연 온 극단의 여배우에게 첫눈에 반해버린 것이었다. 그러나 여배우는 촌스러운 화가에게 마음 줄 리 없어 그는 전 재산인 집을 팔고, 그림을 팔아 그녀의 숙소 앞 골목부터 광장까지 장미꽃으로 장식하여 프로포즈를 하였다. 그러나 여배우는 거들떠보지도 않았고 화가는 다시 기차역의 하역부가 되어 가난하게 삶을 마무리하였단다.

영국의 극작가 버나드 쇼(George Bernard Shaw)도 이름을 얻기 전까지 아내의 생일에 아무런 선물을 마련하지 못할 정도로 가난했다. 그는 느지막이 밤저녁에 땅콩을 가득 넣은 상자를 아내에게 보냈다. 땅콩 더미 속에 꽂힌 카드에는 다음과 같이 적혀 있었다.

'상자에 들어있는 땅콩이 모두 에머랄드라면 얼마나 좋겠소. 보석이라고 생각하고 땅콩을 받아주시오.'

버나드 쇼의 아내는 카드를 읽고 울었다.

글쟁이들은 비슷한 기억이 있다.

어느 날 빈 편지봉투를 찾으러 아내의 책상서랍을 열어보니 편지를 모아 둔 종이박스가 있었다. 그 안에는 한 장의 카드가 예쁜 봉투 속에 따로 보관되어 있었는데 그것은 뜻밖에도 초임 군의관 시절 아내의 생일에 내가 보낸 카드였다.

'사랑하고 또 사랑하는 당신의 서른 번째 생일을 진심으로 축하하오. 겨울은 가고 또 겨울은 가고……, 당신의 나이 드는 모습을 본 지도 이제 열한 해가 넘었구료. 지금은 가난하고 매인 몸이지만 세 해가 지난 생일엔 조금은 흡족할 선물을 주리다. 자! 기다리시오. 고급 원피스 한 벌과 숙녀화 한 켤레를……. 1989년 7월 당신이 태어난 날에, 춘천에서 남편.'

아내가 이 카드를 버리지 않고 따로 간직하는 이유는 무엇일까.

우리나라 일인당 국민소득이 삼만 달러가 되었다지만 사람들이 몸으로 느끼는 경제는 불황에서 빠져나오지 못한다. 우리는 만 달러, 이만 달러 시대에도 그랬듯이 선진국 수준의 삶을 모방해 겉만 번드르하다. 이미 우리보다 앞서 선진국들은 이러한 것들을 경험했다.

'프라이데이 카'와 '먼데이 레몬'이라는 말이 있다. '프라이데이 카'는 토요일에 놀려는 생각에 '정신이 딴 데로 나간 금요일에 만든 불량 차'라는 뜻이요, '먼데이 레몬'이란 주말에 너무 놀아 '아직 제정신을 못 차린 월요일에 만든 불량품'이라는 뜻이다. 병원도 마찬가지다. 선진국에서는 우리나라와 달리 의사는 물론 환자도 월요일과 금요일에 큰 수술을 잘 잡지 않는 경향이 있다.

내가 처음 의사면허를 따고 병원에 근무할 무렵이었다. 벽촌의 할머니가 오랜만에 큰맘을 먹고 갈치 한 마리를 샀다. 그땐 갈치가 지금처럼 비싸지 않았던 것으로 기억난다. 그러나 갈치를 수입하든지 냉동하지 않던 시대여서 할머니에겐 함부로 먹지 못하던 음식이었다. 할머니는 먹고 싶어도 참고 노릇하게 구워 아들 밥상에 먼저 올려놓았다. 아들이 먹고 난 뒤에는 밤톨 같은 손자에게 살을 발라 먹이고 마지막에 할머니는 부엌에서 뼈만 남은 갈치를 빨아먹었다.

"악~"

갑자기 생선뼈가 걸렸는지 목이 아파 더 이상 먹을 수가 없었다. 김치에 밥을 싸서 꿀꺽 삼켜보았지만 목에 있는 가시는 움직이지 않았다. 물을 마셔도 내려가지 않고, 목안이 따가워 아무 것도 먹을 수가 없었으나 아들이 걱정할까봐 혼자 고민만 했다. 한 사나흘이 지났을까. 열이 사십 도까지 오르자 몇 군데를 거쳐 한 주가 지난 다음 서울까지 오게 되었다.

할머니가 우리 병원에 왔을 때는 높은 열 때문에 제대로 말하지 못했다. 사진을 촬영해보니 왼쪽 가슴 안에 엄청난 고름이 가득 있었다. 우리는 식도내시경으로 꽂힌 생선뼈를 뽑아내었다. 얼마나 고름이 많았던지 식도 안으로 고름이 콸콸 밀려나왔다. 완전히 가슴 중앙에 고름이 차는 종격동염이 되어버린 것이었다.

잠깐 식도에 대해 이야기해야 겠다. 식도는 종격동이라는 아주 얇고 약한 구조물에 의해 둘러싸여, 여기에 염증이 생기면 쉽게 퍼져 아주 위험하다. 또 식도는 다른 소화기관과 다른 특징을 가지고 있다. 첫째, 점막과 근육으로만 구성되어 겉에 만질만질한 장막이 없다. 그래서 염증이 쉽게 퍼져 생명을 위태롭게 만든다. 둘째, 식도가 위장까지 내려가는 동안 세 군데 좁은 곳이 있는데, 여기에 이물이 걸릴 수 있다. 일단 식도에 구멍이 나면 구멍의 크기, 부위, 염증의 범위에 따라 증상이 다른데, 크기가 작을 때면 증상이 없다가 나중에 열이 나면서 가슴이 아파온다. 가슴사진과 컴퓨터 단층촬영에서 가슴 중앙에 공기가 차있으면 식도가 터진 것을 의심할 수 있다. 일단 종격동에 염증이 생기면 빨리 가슴에 튜브를 넣어 빼내어주고, 씻어주어야 한다. 가능하면 빨리 터진 부위를 꿰매주고 갈비근육 같은 근육으로 덧대어야 한다.

나는 먼저 왼쪽 가슴 아래쪽 옆구리에 고름을 빼내기 위해 튜브를 넣었다. 그래도 해결될 기미가 없자 두 번째 갈비뼈 사이 앞 가슴에 다시 튜브를 넣었다. 위쪽 튜브로 항생제와 소독약을 섞은 생리식염수를 넣어 가슴 안을 하루에 한 대야씩 씻어냈다. 처음 며칠은 좋아져 나도 기분이 좋았다. 그러나 열이틀이 지나 차츰 숨쉬기 어려워지면서 할머니는 결국 세균이 온 몸을 도는 패혈증으로 사망했다.

나는 갈치를 먹을 때면 그 할머니가 생각나 세세한 뼈까지 눈에 돋보기를 달고 본다. 아, 생선뼈가 죄일까? 아니면 가난이 죄일까?

26 맥주 고글
(Beer Goggles)

술집에 오래 있을수록 여자가 더 예뻐 보이는 것이 남자들의 고민이다. 이런 현상을 '맥주 고글'이라고 하는데, 맥주를 마시면 마치 고글을 쓴 것처럼 상대가 매력적으로 느껴진다는 뜻이다. 그러나 실제로는 맥주 때문이 아니라 밤이 깊을수록 여자보다는 남자가 상대를 더욱 매력적으로 느끼게 된다고 한다. 따라서 마음에 드는 남자가 있다면 여자는 조금 늦은 시간으로 약속하는 것이 바람직하지 않을까 생각한다.

남녀는 서로 호감을 느끼는 대상에서도 차이난다. 남성은 처음 본 낯선 이성에게 매력을 느끼는 반면, 여성은 많이 본 익숙한 남자에게 더욱 매력을 느낀다. 이는 남성이 야생동물처럼 자손을 번창시키려고 최대한 많은 여자를 상대하려는 반면, 여자는 자식을 부양해 줄 믿음직한 남자에게 호감을 느끼기 때문이다. 간혹 학습에 의해 남녀의 역할이 나누어졌다고 주장하는 사람들도 있지만 의학적으로 남녀의 몸은 그러기엔 차이가 너무 크다. 자기공명영상을 촬영해 보면 남녀는 뇌 구조부터 차이가 나기에 남녀가 서로 다르다는 점을 먼저 받아들이면 서로 살아가는 데 편하고 싸울 일이 없다.

운전하면서 듣는 라디오 방송에서 세상이 변한 것을 종종 느낄 때가 있다.

남편이 잠자리에 들기 전 마누라가 자신이 유도 유단자라고 하자 남편이 놀렸다.

"여자가 유단자라 해 보았자 별 게 있겠어? 나를 한 번 던져봐."

조그만 여자가 농담도 끝나기 전에 잠옷을 당겨 남편의 몸이 천정에 닿았다가 요로 내팽개치자 다음부터 남편이 고분고분해졌다고 한다.

세상이 변하면서 이혼율도 증가하고 있다. 이혼 자체를 부정적으로 보던 옛 시각에서 이혼을 당당히 밝히는 사람들이 늘어날 정도로 우리 사회도 달라졌다. 이때까지 자녀와 가정을 지켜야한다는 통념에 참았지만 차츰 가정보다 개인의 행복을 중시하면서 우리나라 이혼율은 다른 경제협력개발기구(OECD) 나라와 비교해도 높은 수준이다. 비혼(非婚), 졸혼(卒婚) 등의 단어가 성행하는 요즘, 남자들의 호소를 엄살이라고만 하기도 어렵다.

그런데 남편들은 왜 집에만 오면 말이 없을까. 아내들은 재잘대며 이런저런 얘기를 하고 싶은데 대개의 남편들은 현관문을 들어서자마자 침묵으로 일관한다. 이러한 침묵에 여자들은 소리를 높이게 되고, 결국 사소한 발단이 큰 싸움으로 확대된다. 이러한 것 또한 남녀의 차이에서 비롯된다. 남자들은 자랄 때부터 여자들보다는 감정을 억제하도록 길들여져 있다. 반면에 여자들은 감정에 충실한 것이 개성처럼 알고 자란다. 남자와 여자는 다투고 난 뒤 회복되는 속도에도 차이가 있다. 마치 오르가즘까지 도달하는 시간이 다르듯 싸움하기 전 평온한 상태로 돌아오는 속도도 서로 다르다.

남편은 아내의 불평을 공격으로 생각지 말고, 아내의 말에 관심을 갖고 끝까지 들어주는 자세가 필요하다. 그러면 아내는 어떻게 해야 할까? 아내는 가능한 한 싫은 이야기를 짧게 하고 목소리를 낮추어야 한다. 그러나 무엇보다도 근본적인 치료는 남자와 여자의 생리적 차이를 맞추는 것이다. 부부생활에 불만이 없는 아내와 남편은 잘 싸우지 않는다. 왜냐 하면 사랑은 반복된 습관이기 때문이다.

　흉부외과에는 가슴 아픈 여자들이 많이 찾아온다. 의자에서 넘어졌다느니, 계단에서 자빠졌다느니, 싱크대에 부딪쳤다느니, 침대에서 굴러 떨어졌다느니, 가슴이 아픈 이유도 여러 가지다. 처음 환자가 오면 아픈 부위를 확인하고 갈비뼈 사진을 찍는데, 사진에서 부러진 갈비뼈가 바로 보이면 다행이다. 그러나 보통은 가슴 앞이 아프다고 호소하기 때문에 물렁뼈에 대한 핵의학검사 등 다른 검사를 추가해야 하는 경우가 자주 있다.

　의사가 검사를 하자고 하면 대개의 여자들은 아프지 않게 치료만 해달라고 한다. 그러나 나는 아주 연세가 많은 할머니가 아니면 늘 물렁뼈 사진을 찍어 확진하자고 권한다. 왜냐하면 가슴이 아프다고 찾아오는 젊은 여자의 상당수가 남편을 비롯한 남자에게 맞은 여자들이기 때문이다. 그러나 갈비뼈가 부러진 게 확실해지면 치료만 해 달라던 여자들이 금방 달라진다.

"진단서를 떼 주세요.",

"이 정도 진단서면 어떻게 되나요?"

그런데 최근 들어 더욱 세상이 바뀐 것을 실감한다. 병동을 돌다 "얼마나 부러졌는지 제가 말씀드려야 하니 흉부외과로 오시라고 하세요." 라고 하면 뜻밖에 킥킥 웃는다.

"남편도 입원해 있어요."

나중에 알아보면 남편은 다리가 부러져 정형외과에 입원해 있거나 간혹 만신창이가 되어 중환자실에 있어 의사를 당황하게 만든다.

왜 이렇게 변했을까? 아마도 예전보다 여성의 체격이 커지고, 수동적이었던 아내들이 남편의 폭력에 적극적으로 대처하기 때문으로 생각된다.

어느 날 외래로 서른을 갓 넘은 여자가 왔다. 가슴사진을 찍어 보니 갈비뼈가 두 개 부러져 있었다. 남편도 따라 왔는데 오른 다리를 절룩이고 있었다.

"입원시켜 주세요."

여자는 다짜고짜로 입원을 원했다. 저녁에 병동에서 보니 사내는 다리가 부러지기라도 했는지 오른쪽 다리에 석고붕대를 감고 목발을 짚고 있었다. 짐작하건대 서로 다투다 분에 못 이겨 기둥을 걷어찬 모양이었다. 그런데 다음 날 진료하던 중에 간호사실에서 연락을 받았다.

"너무해요. 두 사람이 침대에 누워 끌어안고 있어요."

풍기문란으로 방 전체가 뒤숭숭하다는 얘기였다. 오후에 보니 여자와 남편이 서로 입에 밥을 넣어주며 볼을 비비고 있었다. 보다 못해 나는 환자에게 말했다.

"많이 가라앉은 것 같은데 퇴원하셔도 되지 않겠어요?"

그녀는 갑작스런 질문에 당황을 했는지 사레들려 기침하기 시작했다. 그러자 사내는 다리를 절룩이며 급히 물을 뜨러 병실 밖으로 뛰쳐나갔다.

'쿵~'

밖에서 사내가 넘어지는 소리가 들렸다. 급히 복도로 달려가 보니 사내는 복도에 널브러지고 사기로 된 컵은 깨어져 사금파리들이 흩어져 있었다. 나는 넘어진 사내에게 손을 내밀었다. 사내는 꽤나 다리가 아픈지 무릎을 주무르며 일어섰다.

병동에서 엘리베이터 대신 계단으로 천천히 내려왔다. 한 계단, 또 한 계단을 밟으면서 나는 줄곧 두 가지 명제를 생각했다.

'남자와 여자는 왜 사랑을 하는가.'

'남자와 여자는 무엇 때문에 싸움을 하는가.'

27 호주머니에서 잠시 꺼내본다

빈민가의 계관시인으로 불리는 찰스 부코스키(Charles Bukowski)는 이런 말을 했다.

"나는 죽음을 왼쪽 주머니에 넣고 다녀. 가끔, 내가 그놈을 꺼내곤 말하지. '이봐, 뭐하고 있어? 언제 내게 올 거야?' 라고 말이야."

죽음이란 무엇일까? 플라톤은 영혼의 숫자는 언제나 일정한 크기를 가지기 때문에 새로운 불꽃이 타오르기 전에 오래 된 생명의 불꽃은 먼저 꺼져야 된다고 생각했다. 그렇듯 지구상에 사는 생명체 가운데 유일하게 언젠가 자신에게 죽음이 닥칠 것이라는 사실을 아는 인간에겐 죽음이란 언제나 고통스런 화두다. 그래서 인간은 죽음을 극복하려 하고 죽음의 실체에 대해 알고자 지옥과 천국 같은 내세의 관념을 통해서 두 손으로 가려본다. 그렇지만

'삶도 모르는데 어찌 죽음을 알겠느냐.'는 공자의 솔직한 술회가 가슴에 와 닿는 게 현실이다.

중국 후한시대의 왕충(王充)은 사람의 운명이란 결정되어 태어나는 정명(定命), 노력하여 개선되는 운명인 수명(隨命)과 다른 사람의 도움을 받는 운명인 조명(遭命)에 의해 결정된다고 보았다. 그는 인간이 사는 세상에서 일정한 부분을 제외하고는 아무리 노력해도 하느님을 감동시킬 수 없고, 하느님 또한 인간의 노력에 응답할 수 없다고 보았다.

의학적으로는 인간의 수명은 염색체의 끝부분에 매듭처럼 있는 텔로미어(telomere)의 길이에 의해 태어나면서부터 결정된다. 그래서 현대의학은 텔로미어의 길이를 줄어들지 못하게 하는 텔로머라제(telomerase)를 주입하여 영생(永生)의 길로 인도하고자 노력하고 있다. 그러나 스스로 텔로머라제를 만드는 것으로 알려진 바다가재가 더러 탈피하지 못해 죽는 경우가 있고, 우리의 식탁까지 올라오는 것을 보면 텔로머라제가 있다고 해서 예기치 않는 사고를 막을 방도가 없다.

그래서 동양에서는 사주로 인간의 생명을 점치는 학문이 발달되어 왔다. 특히 우리나라는 다른 나라에 비해 왕조의 존속기간이 긴 데, 고구려, 백제, 신라 시대부터 고려는 물론이고, 조선이란 왕조가 무려 오륙백 년을 지속하였다. 그 이유는 세계적으로 드물게 고종 임금 때까지 천문학, 지리학뿐만 아니라 명과학(命課

學)이란 과거가 있었기 때문이라고 말하기도 한다. 이 관직은 왕의 주치의인 어의(御醫)와 마찬가지로 제대로 맞추지 못하면 목숨이 위태로울 수도 있는 위험한 직업이었다고 한다.

그림 형제의 동화책에는 죽음에 대한 섬뜩한 이야기가 나온다.

죽음과 덩치 큰 거인이 결투를 벌이는데, 죽음은 거인에게 호통친다.

"나는 죽음이다. 누구도 거역하지 못한다. 거인이라도 내 명령에 복종해야 한다."

거인이 죽음의 말에 콧방귀를 뀌자 결투가 벌어지는데 어이없게도 죽음이 거인에게 지고 만다. 힘없이 땅바닥에 쓰러진 죽음이 죽음을 기다리게 된 것이다. 그때 죽음은 지나가던 젊은이가 도와줘 겨우 살아나게 된다.

죽음은 자신을 구해준 젊은이에게 약속한다.

"당신에게 죽음을 미리 알려주는 사자들을 보내주겠네."

젊은이는 나이가 들어 늙은이라는 말을 들을 때까지 아무런 걱정 없이 알콩달콩 살았다. 어느 날 죽음이 그를 데리고 가려하자 깜짝 놀라 죽음에게 따져들었다.

"죽음을 미리 알려주기로 했잖아."

그러자 죽음이 대답했다.

"내가 알려주지 않았다고? 열이 나거나 어지럽거나 관절이 쑤실 때가 없었어? 나는 매일 밤 너에게 내 동생 '잠'을 보내 알려주

었어. 네가 밤에 마치 죽은 사람처럼 누워 자지 않았냐 말이야?'
  정말 이승의 끈이란 이토록 놓기엔 질긴 것일까?

　　　새끼줄이었다 꽤나 긴 이승의 끈
　　　양손에 쥔 채
　　　앞치마를 두른 남자 몇이 뒤켠에서
　　　잔뜩 낮추어 포진을 하고
　　　사람들은 낯썹 구경하듯 끼드득거릴 때
　　　차가운 비가 내리고
　　　차운 땅에 비만 추적추적 내리고……

　　　잠시 쉬는가 몇 분 유예된 목숨
　　　그런대로 오늘은 운수 좋은 날이지
　　　시멘트바닥에 코를 비벼 먹이를 찾네
　　　간혹 쉽게 혀를 넘어가는 먹을거리라도
　　　단지 장난하기 좋아하는 고등동물의 하사품일 뿐*

　　　비가 그쳤다
　　　네 다리가 묶여 누운 돼지
　　　튀어나온 아랫배를 달포 전 신문지에 대고
　　　해거름에 황금빛 살갗의 위용을 드러낸 채

청명 조금 지난
창설기념 체육대회 다음날,
우승의 함성이 아직도 들리는 것 같은데
느닷없이
희번드르르하게 생긴
의무대에서 기르는 똥개가 짖기 시작했다
먼발치에서 접근하지 못하고

단 한 번 쉬는 숨조차 죽기보다 어려운 줄을
비로소 깨달을 때 자다 깬
늑늑한 꿈처럼 여름은 선뜻 다가오는가 보다

함민복, '출하' 일부

- '늑늑한 꿈처럼 다가온 죽음'

오늘은 오후에 수술이 잡혔다. 나는 예순이 된 여자를 바로 눕히고 등 뒤로 베개를 받쳐 고개를 최대한 젖혔다. 그녀는 오른쪽 갑상샘이 자라나 어른 주먹만큼 가슴 속으로 들어가는 병으로 나를 찾아왔다. 가슴 속 갑상샘종이라는 이 병은 심해지면 기도나 식도를 눌러 숨쉬기나 삼키기 곤란하게 만들고, 간혹 암으로 바뀌기도 해 수술을 받게 된다. 가슴 속 중앙을 따라 들어있는 혹을 종격동 종양이라고 하는데 대개 가슴을 열어 수술한다. 그러나 이 혹만은 목을 통해 가슴 속으로 손을 넣어 제거하는데, 너무 큰 혹이라 앞가슴을 열어야 될지 적잖이 걱정되었다.

수술할 곳은 이미 소독되어 있었다. 앞가슴 위쪽의 오목한 곳부터 두 손가락 너비만큼 머리 쪽으로 목주름을 따라 오른쪽 목 살갗을 열었다. 수술할 때 무엇보다 중요한 것은 수술할 부위가 잘 보여야 한다는 것이다. 나는 목 앞을 가로막은 얇은 근육을 자르고 살갗을 박리하여 굵은 실로 턱밑에 꿰매 당기고 다시 아래쪽 소독포에 꿰매 잘 보이게 만들었다. 정중앙으로 양쪽 볼펜 굵기 만한 근육 사이를 열어 오른 쪽 목 근육을 잘라 위아래로 당기고 커다란 혹을 손가락으로 박리했다. 이 수술의 어려운 점은 주먹보다 큰 혹을 앞가슴뼈 밑으로 단지 검지의 감각에 의존하여 끄집어내야 하는 것이다. 나는 혹시나 핏줄을 건드리지 않을까 걱정하며 검지를 집어넣었다.

이마에서 땀이 나와 수술모자를 적셨다. 나는 앞뒤로 검지를 넣어 혹을 박리한 다음, 줄기를 잡고 당겼다.

"어이구, 이건 웬만한 감자보다 훨씬 크잖아."

끄집어낸 혹의 껍질로 핏줄들이 드러나 조금 흉측하게 보였다. 수술을 도와주는 간호사도 반 뼘 정도 목을 열어 커다란 혹을 잡아당겨 꺼내니 놀라는 표정이었다. 가슴 속에서 피가 조금 올라왔지만 나는 혹이 빠져 나온 빈 공간에 거즈를 넣어 누르며 기다렸다. 잠시 후엔 아래쪽과 위쪽 핏줄을 잡아 꿰매고 갑상샘의 중간을 잘라 수술을 마쳤다.

수술을 마치고 나오니 초가을이라 아직도 날은 밝았다. 친한 화가의 전시회 마지막날이라 인사동까지 서둘러 달렸다. 차를 타고 오면서 내 어릴 적 생각이 났다.

내 첫 번째 꿈은 화가였다. 나는 그림을 좋아했고 비교적 잘 그렸다. 지금 생각해도 내 그림은 자메 티소트(James Tissot)의 작품처럼 어린애 치고 구도가 괜찮았다. 내가 외국을 여행할 때마다 꼭 미술관에 들리는 이유도 아마 내가 가지 못한 길에 대한 동경 때문이 아닐까. 뉴욕의 모마(MoMa)뿐만 아니라 여러 미술관을 지하철을 타고 걷고, 또 걸어서 보러 다녔다. 암스테르담에서는 하루에 세군데 미술관을 돌다 점심을 먹지 못했고, 안트페르펜의 루벤스 그림 '십자가에 내려지는 그리스도'를 보러, 오스트리아에서는 구스타프 클림트의 '키스'와 '아델레 블로흐 바우어 초상'(이 그림을 오스트리아와 미국, 두 군데서 보았다. 그에 대한 사연은 '우먼 인골드(Woman in Gold)'라는 영화에 나온다.)을 보러 비엔나의 벨베데레(Belvedere) 국립미술관을 지하철을 타고 어렵게 찾아갔다. 브뤼셀에서는 브뢰겔의 '타락한 천사의 추락'을 보러 역에서 버스를 타고 길거리 햄버거를 먹으며 달려갔고, 사람들이 잘 가지 않는 독일 카셀의 미술관까지 기차를 타고 두 차례나 들렀다. 스위스 마조레 호수 부근에서는 그림을 몇 번 들었다 놓았다가 결국 못 사고 나의 시 '아스코나의 여인'으로 가슴 속 한 가운데 저장하였다.

하얀 드레스
모자에 어울려
버긋하게 입술을 머금은 여인, 나는
시야를 잃었네

반쯤 머리가 벗겨진 동구 출신 화가는
화방을 들고 막 떠나려 하네
생각해줄 수 없을까요
데퉁스레 고개를 돌리네

하얀 드레스의 여인은 어디 있나요
따라가면 만날 수 있나요

마조레 호숫가 선착장 부근

오늘도 웃다만 얼굴로 하얀 장갑을 벗어 쥐고 있나요

- '아스코나의 여인' 1, 2, 3연

실제 미술관에 가서 그림을 보면 색감과 터치가 사진으로 보는 것과는 엄청나게 차이난다. 그 차이가 나를 미술관으로 이끌어 실물을 보게 만드는 것이다. 나는 우리나라의 문화에 대한 감각이 올라가 16~17세기 프랑드르(Flandre)지방처럼 농가에도 그림을 사서 걸어놓는 멋있는 시대가 왔으면 하는 소박한 꿈을 꾼다.

내가 인사동 갤러리에 도착했을 때 그림을 보러오는 사람이 적어 한산했다. 그림에 금박을 넣는 특이한 색감의 그림을 서너 걸음 떨어져 보다가 터치를 보기 위해 다가설 무렵이었다. 화가의 부인이 다가왔다.

"그림 다 보셨나요?"

"아예, 정말 잘 보고 있습니다. 그림을 볼 때마다 색다른 즐거움이 있네요."

나는 그림에 대해 좋은 평가를 내렸다.

"제가 드릴 말씀이 있어요."

나는 할 말이 무엇일지 궁금했다.

"요새 남편의 손이 좀 좋지 않아요. 관절염이 심해 붓을 잘 잡지 못해요."

나는 스물일곱 살 때부터 청력이 떨어져 듣지 못하면서도 위대한 작품들을 남겼던 베토벤 같은 노 화가의 열정에 감탄했다.

"대단하시네요. 그런데도 이렇게 좋은 작품을 그리시다니……"

"그래서 말인데요. 이제 남편이 여든을 넘었어요. 살면 몇 살을 더 살고, 그림을 그린다면 몇 년을 더 그리겠어요?"

나는 좋은 관절염 약이 많아 약을 드시면 그림 그리는데 도움이 될 거라는 말을 준비했으나, 예상치 못한 말에 흠칫 놀라 멈추었다. 그녀는 내가 근무하는 병원이 공공성을 띤 병원이 아니라 내가 그 병원을 소유하고 있는 병원장으로 잘못 알았는가 보다.

"큰 그림 하나 병원 현관에 걸어두시면 아픈 사람들도 감상하고 직원들의 예술에 대한 욕구를 충족시킬 수 있지 않을까 해서요."

나는 "고려해 볼게요."라고 웃으며 나왔다.

집으로 가는 길이 별로 기분 좋지 않았다. 어떻게 생각하면 현실적인 말이지만 그럴 필요까지 있었을까? 나는 집에 오자마자 아내의 눈을 빤히 쳐다보았다. 아내는 내가 왜 이러는지 몰라 고개를 돌렸다.

"아내도 내가 잘못되고 난 다음 어떻게 살아갈지 준비할까? 아내는 어떤 생각을 하고 있을까?"

겨울이 왔다. 그해따라 추웠고, 눈이 많이 왔고, 독감마저 돌았다. 허파가 나쁜 사람들에게 폐렴이 생겼고, 덩달아 늑막에 물이 찼다. 바야흐로 흉부외과의 계절이어서 나는 하루하루 바쁘게 지내고 있었다. 간혹 화가의 금빛 채색이 생각났고, 내가 찜했던 작품을 다른 사람이 가져갔으면 어떡하나 걱정도 되었다.

어느 날 부고(訃告)를 듣고 깜짝 놀랐다. 돌아가신 분은 화가가 아니라 나에게 남편이 죽으면 그림값이 오를 것이라고 그림을 구입하라고 권유했던 부인이었다. 부인은 전시회가 끝나고 나서 기침해 병원을 찾았다가 늑막에 퍼진 말기 폐암을 진단받고 석 달 정도 살다 돌아가셨다는 것이다.

나는 왼쪽 호주머니에서 잠시 그놈을 꺼내보았다.

다른 사람에게
묻지 마소서

그게
변명이에요?

최근 영국의 BBC방송이 우리나라를 세계 5대 장수 국가 가운데 하나로 소개하였다. 이것은 2017년 초 과학전문지 네이쳐(Nature)에 실린 논문에서 '한국은 기대수명이 세계에서 구십 세를 넘는 첫 국가가 될 가능성이 높다.'라고 실렸기 때문이다. 이는 경제수준과 건강보험 덕분이라는데 서양인들에 비해 우리나라 사람들이 혈압이 낮고, 식사습관이 좋은 것 또한 한몫을 했다고 한다.

방송에서 강조한 것은 우리나라의 발효음식이다. 발효음식이 많은 우리나라 식단은 콜레스테롤을 낮추고 면역을 강화하며 암을 예방하는 효과가 있다고 보도했다. 또한 섬유질이 많고 영양이 풍부한 우리나라 음식도 사람들을 오래 살게 만드는데 일조한다고 했다.

가장 재미있는 것은 우리나라에서 어디든 쉽게 볼 수 있는 찜질방이다. 찜질방을 좋아하는 문화가 우리나라 사람들을 튼튼하게 만들고, 여럿이 어울려 스트레스를 해소하는 공간을 제공한다는 것이다.

사람의 수명이 늘어나는 것은 여러 면에서 바람직하다. 오래 사는 것 자체가 사회의 성숙을 가져다주는 연결 고리이기에 인류의 진화와 역사의 발전은 늘 수명과 연관되어 왔다. 현생 인류가 네안데르탈인을 멸종시키고 만물의 영장이 될 수 있었던 것도 마흔 다섯 살 이상으로 수명이 늘어나고부터라는 이야기는 아무리 노령화가 문제되더라도 무시할 수 없다.

최근 들어 우리나라에서도 수명이 늘어나면서 노년에 대한 관심이 높아지고 있다. 이는 죽음에 대해 깊이 생각할 수 있는 시간이 그만큼 연장된다는 것을 뜻한다. 죽음에 대해 달관하여 죽음을 다정한 친구처럼 맞을 수 있는 사회, 자신의 손바닥 안을 만족하고 남의 호주머니 안을 기웃거리지 않는 수분(守分)의 사회는 지금보다 바람직한 사회이지 않을까 생각한다.

급속도로 고령화되는 선진국에서는 노인들에 대한 개호(介護) 시스템과 의료제도 등을 재검토하고 있다. 그러나 다른 장수국가에 비해 국민연금 등의 사회제도가 빈약한 우리나라에서는 노인들의 경제적인 문제가 심각할 수밖에 없다. 더욱이 전통적인 가족관계가 와해되는 과정에서 나이 들면서 경제적인 능력이나 결정 권한을 잃는 것은 치명적일 수 있다. 아들, 딸이 어머니, 아버지를 모시겠다고 논밭을 팔고 도시로 오라고 하는 것을 노인들이 가장 두려워한지도 오래 되었다. 그나마 논밭이라도 가지고 있어야지 경제권을 상실하지 않기 때문이다.

병원에서도 노인 문제가 심각하다. 연세 드신 분이 입원하면 의사들은 적잖게 고민한다. 입원한 다음날부터 진료와는 무관하게 아들, 며느리가 진료실 문을 두드리기 때문이다.

"고통을 덜어드리고 싶어요.",

"가족회의에서 결정했어요.",

"항암제를 쓰면 고통스럽잖아요?",

"가까운 곳으로 모시기로 했어요." 등의 각종 미사여구를 들이대며 퇴원시켜달라고 요구한다. 이럴 때면 의사들은 생명의 존엄성 문제를 떠나 우리 민족성까지 들먹이며 독한 술을 마시고 싶어진다.

몇 개월 전 하루에 두 사람이 식도에 뭔가 이상하다며 진료실로 왔다. 식도의 종양은 다른 종양과 달리 양성 종양은 열 사람 가운데 한 사람도 되지 않고 주로 암이다. 식도암은 식도의 벽을 3분의 2 이상 먹고 나서야 비로소 삼키는데 불편하기 때문에 모르고 지내는 수가 많다. 더욱이 식도는 점막 밑을 타고 암세포가

쉽게 퍼져 암이 있는 곳보다 아래는 모두 암이 퍼져 있다고 본다. 그래서 의사들도 식도암이라고 하면 완치보다는 어떻게 오랫동안 입으로 먹게 할 수 있을까 신경을 쓴다.

첫 번째는 환갑을 갓 넘긴 할머니였다. 검사를 해 보니 위와 식도가 바로 붙은 부위에 생긴 초기 식도암이었다. 수술하면 완치도 바라볼 수 있어서 잔뜩 기대했다. 그러나 가족이 전혀 나타나지 않아 할머니에게 물어보았다.

"할머니, 아드님 없으세요?"

할머니는 대수롭지 않게 대답했다.

"있지. 왜 없어."

나는 반색을 하며 할머니에게 말했다.

"아드님더러 내일 꼭 저를 만나라고 하세요."

그런데 한 주가 지나도 진료실을 찾지 않아 연락처로 전화를 걸어보았다. 내가 몇 마디 하기 전에 며느리가 말을 끊었다.

"왜 귀찮게 전화를 해요?"

나는 당황하였으나 낮은 목소리로 말했다.

"내일 아드님과 이야기를 나누고 싶습니다."

그 후 몇 번 전화했으나 아들을 만날 수 없었다. 그러던 중 드디어 할머니는 식도가 거의 막혀 물조차 넘기기 어려운 상황이 되었다.

나는 답답하여 다시 전화를 했다.

"물도 못 드시는데 식도에 스텐트(내시경을 이용하여 좁아진 부위에 넣어 늘려주는 금속망)라도 넣어야겠어요. 아드님의 얼굴이라도 한 번 보면 좋겠습니다."

며느리가 다짜고짜로 말했다.

"입원비만 주기로 했어요. 수술하지 않을 거예요. 자꾸 전화하지 마세요."

물도 마시지 못하는 사람이 몇 날을 살겠는가. 병실에서 물도 마시지 못하고 창밖의 떨어지는 낙엽만 바라보는 큰 눈망울의 할머니. 나는 바로 내과로 전과시키고 할머니와 마주치지 않으려고 노력했다.

다음은 식도암에 걸린 할아버지였다. 나는 아들에게 말했다.

"식도가 곧 막혀 음식은 물론이고 물조차 마시기 어렵습니다. 수술하시는 것이 좋겠습니다."

그런데 한사코 수술하지 않겠다는 것이었다. 그런데 이유가 그 전 할머니와는 달랐다. 같은 병실 옆사람이 식도암 수술을 받고 재발했는데 아내인 할머니가 "수술하면 괴롭다고 수술하지 말라."고 했다는 것이다. 나는 순간 서너 해 전 수술을 받고 최근 재발하여 방사선으로 치료하고 있는 할아버지가 생각났다.

"그 할머니가 그럴 리가 있어요? 그 분은 아주 심했는데 그래도 서너 해 살았어요. 그동안 아들, 딸 결혼 다 시켰고요. 달포 전에 막내아들이 신혼여행을 갔다 왔다고 자랑했는데 그럴 리가 있어요? 행복한 고민을 하는 것을 보고 그렇게 말하시는 분이 어디 있어요?"

퇴근할 무렵이었다. 진료실 앞에 아들이 주춤거리고 있었다. 내가 방문을 여니 따라 들어왔다.

"말씀드릴 것이 있어요."

나는 장편소설 같은 아들의 이야기가 나올 것을 직감했다. 외동아들이라는 것, 최근에 사업이 되지 않아 고전하고 있다는 것, 주위에 도와줄 친척이 아무도 없다는 것, 아이들이 자라 과외비가 많이 든다는 것, 아내에게 꽉 잡혔는데 아내가 수술을 절대 반대한다는 것 등, 너무나 사소한 것까지 나에게 이야기했다. 그는 눈물까지 비쳤고 어깨를 구부린 자세가 오전과는 너무나 대조적이어서 불쌍하게 느껴지기까지 했다.

"제가 도와드릴 수 있는 게 무엇일까요?"

그는 얼굴을 찡그리며 다시 입을 열었다.

"아버님께 잘 해 드리려고 해도 장애가 많아요. 그렇다고 안 해드릴 수도 없고……. 수술 말고 돈이 적게 드는 방법이 없을까요? 아버님께 생색이라도 내고 싶어요."

나는 약물치료와 방사선 치료를 권해주었다. 그는 몇 번이고 고맙다는 말을 남기고 진료실을 나섰다.

그날 나는 새벽까지 잠을 청하지 못했다. 겨우 병원으로 가서 진료를 하고 점심시간에 단골 은행으로 향했다. 참 이상한 날이었다. 연금저축을 들고 나니 점심을 먹지 않았는데도 배가 부른 듯이 기분 좋았다.

29 내가 너무 오래 살아 그러는가 벼

할아버지는 일제강점기에 황금정교회 기독청년회 사건 때 청년회장을 하셨다. 그 일로 인해 초등학교 교사였던 할아버지는 후테이센징(不逞鮮人)으로 찍혀 고생하셨기에 나는 항일운동의 역사에 관심이 많다.

일반적으로 독립투쟁을 하다 돌아가신 분을 크게 열사와 의사로 나눈다. 열사(烈士)는 유관순처럼 나라와 민족을 위하여 맨몸으로 저항하신 분이고, 의사(義士)는 열사와 달리 총, 칼 또는 폭탄을 가지고 무력으로 싸운 분을 말한다. 그 가운데 윤봉길 의사 등의 의거는 중국 국민당 정부를 감동시켜 대한민국 임시정부를 만드는데 큰 역할을 했다. 윤봉길 의사가 홍커우 공원의 일본 왕생일축하 자리에서 물통 폭탄을 투척해 총사령관 등을 즉사시키자, 중국의 장제스는 "국민당 백만 대병도 불가능한 일을 조선 청년이 해냈다."며 임시정부를 적극적으로 지원했고, 카이로 회담에서 우리나라의 독립을 보장받게 도와주었다.

또 '각시탈'로 불리웠던 김상옥 의사의 의거는 어느 드라마보다 흥미진진하다. 그는 쌍권총을 마음대로 쓰는 총잡이로 일본군에 대항해 종로경찰서에 폭탄을 투척하고, 무려 천 명이 넘는 일본 군경에 맞서 총격전을 벌였다.

그러나 나는 서울역 지하철 1번 출구에서 가까운 옛날 서울역사 부근에서 의거를 일으킨 강우규 의사를 가장 좋아한다. 그는 항일운동이 단발로 끝날 것이라는 예상을 깬 인물로 3·1운동 이후 곧바로 의거를 일으켜 일회성이 아니라는 것을 예고하였다.

강우규는 의사(義士)이자 의사(醫師)이기도 했다. 그는 1883년 함경남도 홍원에서 개원하여 번 돈으로 학교를 세워 민족을 계몽하는 운동을 전개했다. 그는 노인들만이 가입할 수 있었던 독립운동 단체인 '대한국민 노인동맹단'에 들어갔는데 기존 노인동맹단의 생각과는 달리 청년 독립투사들을 지원하는 일을 넘어 실제 폭탄을 투척해 사람들을 놀라게 했다. 1919년 9월 2일 조선총독에 임명된 해군제독에게 예순여섯 살이었던 그는 폭탄을 명주 수건에 싸서 가랑이에 두르고 들어가 힘껏 던졌다. 그러나 안타깝게도 멀리 날아가지 않아 총독을 죽이지는 못했다. 폭탄이 터진 직후 옆에 있던 철없는 아이가 일본경찰에게 그가 폭탄을 던졌다고 알려주었으나 일본 군인조차 그럴 가능성이 없는 노인이라고 단정해 잡히지 않았다.

이 사건에서 지금과 참 다르다고 느끼는 것은 노인의 기준이다. 대한국민 노인동맹단은 46세 이상 70세까지의 남녀 노인들이 회원으로 가입할 수 있었다. 간단히 말하면 46세 이상이면 경로당에 갔었다는 이야기다. 그러나 요즘은 그 나이에서 무려 스무 살을 더 먹어도 경로당에 가면 뻘쭘한 세상으로 바뀌었다.

어느 날 호흡기내과에서 연락이 왔다. 허파에 결핵으로 인한 상처가 있어 관찰하던 일흔세 살의 할머니인데 조금씩 오른 폐 위쪽이 커지는 느낌이 든다는 것이었다. 그래서 혹시 암일까 하여 수술을 권했는데 동네사람들마다 '암을 수술하면 퍼져 일찍 죽는다.'고 하거나 '여든이 얼마 남지 않은 노인이 수술은 무슨 수술이냐?'고 하여 수술을 받지 않으려 한다는 것이었다.

나는 할머니를 일단 흉부외과로 옮겨달라고 하고 가족을 불렀다. 아들의 첫마디는 평범했다.

"연세가 많은데 수술하지 않고는 치료방법이 없을까요?"

나는 답답한 마음에 목소리를 높였다.

"달나라뿐만 아니라 화성까지도 가는 시대에 진단이라도 받고 돌아가시게 해야 미련이 없지 않겠습니까?"

나는 가족이 고민하는 사이 기관지내시경과 몸 바깥에서 바늘로 찔러 조직을 확인하는 경피적 세침흡인술(PCNA)을 해 폐암 중에서 선암이라는 진단을 내렸다. 그러나 가슴 컴퓨터 단층촬영이 문제였다. 암의 크기도 아기주먹만하게 크고 흉벽과 심장까지 침

범한 말기 암이 의심된다는 것이었다. 나는 다시 환자와 가족을 설득했다. 요즘은 나이 예순에 경로당에 가면 심부름밖에 하지 않는다고, 지금은 교과서에도 예순은 비교적 젊은 나이로 분류되고 여든부터 노인으로 분류된다고 힘주었다.

그 뒤 나는 환자의 얼굴과 몸을 진찰하고 확신했다. 비록 일흔이 넘었지만 생리학적인 나이는 채 예순이 되지 않아 보였다. 할머니와 가족을 어르고 달랜 끝에 결국 오른쪽 허파의 일부를 도려내는 수술을 하게 되었다.

그런데 수술에 들어가 보니 컴퓨터 단층촬영과 자못 달랐다. 갈비뼈가 있는 늑막과 단단히 붙었지만 단지 결핵의 흔적이었고 암도 크지 않다는 느낌이었다. 수술 중에 얼려서 금방 결과를 보는 조직에선 전이된 것처럼 보였던 림프샘도 모두 암세포 없이 깨끗했다. 수술은 짐작과 달리 오른 폐 윗부분과 일부 아랫부분을 제거하는 것으로 끝났다.

포르말린에 조직을 담가 암을 확인하는 마지막 조직검사의 결과를 기다렸다. 그런데 내가 예상했던 것보다 오히려 더 좋았다. 암의 크기가 조금밖에 되지 않았고 나머지는 모두 결핵으로 인한 상처였다. 모든 림프샘에 암이 퍼져있지 않았다. 할머니는 수술한 날로부터 한 주가 지나 건강하게 퇴원했다.

그 뒤 간혹 수술한 상처가 아프다고 병원에 오거나, 날 보고 싶어 들렀다고 찾아왔다. 한번은 몇 개월간 미국여행을 갔다 왔다며 작은 선물을 가져오기도 했다. 이럭저럭 서너 해 세월이 흘렀다. 오후 수술까지 반시간 정도 여유가 있어 연구실에서 커피를 한 잔 마시고 있을 때였다. 응급의료센터에서 할머니 한 분이 나를 찾는다는 연락이 왔다. 달려가 보니 바로 그 할머니였다.

"목욕탕에서 미끄러졌는데, 꼭 서울로 가시겠다는 거예요. 참 고집도 세세요."

며느리는 불평 아닌 불평을 하며 웃었다. 다행히 척추가 두부가 눌리듯 짜부라지는, 그리 심하지 않은 압박골절이었다. 할머니는 아픈데도 불구하고 나의 손을 놓지 않고 환하게 웃었다.

"덕분에 내가 너무 오래 살아 그러는가 벼. 우리 박사님 덕분에 내가 너무, 너무 오래 살아 별의별 병에 다 걸리는가 벼."

그 때 오후 수술이 준비되었다는 연락이 왔다. 나는 할머니의 환한 웃음이 내 구두 끝에서 톡톡 튀는 것을 느끼며 수술실로 향했다.

욕쟁이 할머니의 고민

30

　　갑신년 섣달그믐 무렵, 고샅부터 눈이 어린 가슴까지 쌓이던 날 기척도 없이 대문을 넘은 바람은 봉창을 되우 휘어잡고, 낯익은 궁핍으로 막아서는 저녁 방안엔 화롯불만 가난으로 피어나 쪼그린 잠에 일어나라 채근하는데, 얼마나 되었을까, 선잠이 떨구고 간 오롯한 어두움 너머로 매무시한 할머니는 하나, 둘 생감자를 넣으면서 말했습니다.

　　원수 갚아다오
　　할미 원수 갚아다오

　　순간 후려치는 노안老眼 깊숙이 순백의 잡목림이 눈에 밟히고, 무성한 그림자 아래 웅크린 어둠이 거친 숨을 몰곤 했습니다.

할머니 무서워요
흔들어대는 겨울바람처럼 무서워요

(중략)

서울수복 때였다지요 육군 소령이던 아버지는 육가네 집 앞을
지나다 실향의 눈물이 주버기로 달린 감나무에 애꿎게 총을 쏘았
다던가요. 대물림을 받은 분憤은 치뜬 눈으로 타래를 풀고, 열세 해
지나 정사년 할머니 한마저 차운 땅에 눕던 날 한차례 겨울비가 척
박한 연혁을 적시고, 뒤천에서 우는 어머니 곁엔 석유난로 홀로 외
기를 이기고 있었습니다 후테이센징不逞鮮人 할아범과 이슬받이
에 "독립!"을 되뇌며 남산면까지 울고 갔던 할머니 감자를 구울
때만 신명나던 마디 굵은 손은 서른이 넘은 나에게도 큰 남자로 일
어서라고 소리치는데, 눈 내리는 밤이면 모듬발로 키를 높이라고
재촉하는데, 아직도 겁 많은 나는 세월 속으로 걸어가는 먼 모습들
을 몰래 배웅합니다 어눌한 말투로 숨어서 인사만 합니다.

- '이복년 약전略傳' 일부

내 기억 속에 우리 가족 가운데 가장 머리가 좋았던 사람은 할
머니다. 그녀는 1902년에 충청북도 옥천에서 태어났는데 당시로

는 지금의 고등학교인 중학교 교육까지 받았던 신여성이었다. 그녀는 이화여전을 다니고 싶었으나 찬성하는 아버지와, 여자는 절대 보내서는 안 된다는 어머니가 대립한 끝에, 비오는 날 마당에서 어머니가 구르는 시위를 하여 결국 꿈을 접었다. 그녀는 한학을 공부한 할아버지와 결혼하여 남편을 시학(교육감)을 만든 것으로 만족해야 했다.

영리하고도 사리에 밝았던 할머니는 증조할아버지가 잘못 보증서 주었다가 일곱 해 동안 벌어졌던 두 집안의 싸움을 변호사 없이 손수 법정에 나서 승소하였는데, 그 이야기는 아직도 집안의 전설처럼 내려온다.

할머니는 세상이 깨지 않아 더 이상 나설 수 없었던 운명을 욕(辱)으로 해소했다. 그녀의 욕은 사전으로 펴내도 될 정도로 여러 방면으로 다양하고 강도가 달랐다. 그런데 할머니의 가장 강도가 높은 욕은 '똥물에 튀겨 죽일 X'이었다. 그냥 물보다 똥물은 끓는 점이 더 높을 테니 참 과학적인 욕이라 할 수 있겠다.

내가 부산에 살 때 가족처럼 지내는 누나가 있었다. 아버지가 일찍 돌아가셔서 공부를 그만두었던 예쁘장하고 똑똑했던 누나는 우리 집에 와서 고등학교를 나와 아버지가 구해준 직장을 다녔다. 그 누나는 책을 좋아해 늘 손에 들고 있었는데, 하루는 누나가 세익스피어의 '맥베스'를 읽다가 깜짝 놀라 뛰어와 외쳤다.

"할머니가 세익스피어를 읽었는가 봐요. 할머니 욕이 세익스피어 전집에 나와요. '똥물에 튀겨 죽일 X'이라구요."

실제로 세익스피어 소설을 할머니가 읽었는지는 알 수 없다. 그러나 그 상황을 한국 욕으로 잘 번역하다 보니 할머니의 유명한 욕으로 바뀌었던 것 같다.

세상에 많은 민족 가운데 욕을 가지고 있지 않는 민족은 없다. 그러나 욕의 종류와 다양함은 민족마다 다른데, 반만년 역사를 자랑하는 우리 민족은 오랜 역사만큼 다른 민족이 넘보지 못할 다양하고 많은 욕을 지니고 있다. 더욱이 한글만의 갖은 표현과 의미는 어느 민족보다 욕을 뛰어나게 만들었다고 해도 지나친 말

은 아니다.

욕은 사람의 감정을 표현하는 또 다른 수단이라 욕으로 표현되는 말은 수없이 많다. 우리 민족의 욕은 예로부터 성(性)을 터부시하여 몸에 대한 민망한 말이 많은 것이 특징이다. 욕이란 남을 저주하거나 미워할 때도 사용되지만 자신의 어리석음을 스스로 나무랄 때 사용되기도 한다. 따라서 욕은 그 시대에 가장 하찮은 것들이 대상이고, 경멸하는 행동들이 등장한다. '경을 칠 X', '육시랄 X', '오살할 X' 등 무서운 형벌들을 사용하기도 한다.

출근하는 길에 다급한 연락을 받았다. 일흔 가까이 된 할머니가 시멘트로 된 도랑에 빠져 왔다는 것이다. 응급의료센터로 달려가 할머니를 보니 얼굴부터 오른쪽 가슴까지 퍼런 멍이 들어 있었다.

"어떻게 다치셨어요?"

할머니는 나를 빤히 쳐다보더니 한 마디를 던졌다.

"씨X랄, 경운긴지 뭔지 씨X랄 놀라게 하고 가버리잖아."

할머니에게서 좋은 소리가 나오지 않을 게 자명했기 때문에 더 이상 묻지 않고 가슴사진을 보았다. 오른쪽 가슴의 갈비뼈가 대여섯 개 부러졌고 가슴 속엔 피와 공기가 차 있었다. 나는 가족을 불러 오른쪽 가슴으로 손가락 굵기 만한 튜브를 넣어 피와 공기를 빼내어야 한다고 말했다.

나는 할머니를 모로 눕히고 오른쪽 가슴을 소독약으로 닦았다.

"마취할 때만 아주 조금 아파요. 참으셔야 해요."

나는 국소마취제를 살갗에 주입했다.

"씨X랄, 아프잖아."

나는 할머니 입에서 나오는 욕을 듣고 '고생 좀 하게 아예 마취하지 않고 해버릴까?'하는 마음과 '얼마나 아프면 저렇게 할까?'라는 생각으로 잠시 고민했다. 그래도 다른 사람보다 더 많이 마취하여 수술할 때 덜 아프게 만들었다.

"씨X랄~!!"

병실로 올라가서도 마찬가지였다. 병동을 회진하면서 잘 작동하고 있는지 확인하기 위해 내가 튜브를 만질 때면 어김없이 욕이 날라왔다.

"씨X랄……."

간호사도 나에게 와서 '저 소리 못하게 좀 야단치시라.'고 채근했다.

만날 때마다 욕을 듣다보니 전염되어 나의 입에서도 절로 욕이 나왔다.

"씨X랄, 저 씨X랄 소리 안 듣기 위해 씨X랄 할머니를 씨X랄 퇴원시켜야 겠어."

닷새쯤 지나 공기와 물이 튜브를 통해 더 이상 나오지 않자 나는 재빨리 튜브를 뽑아 집으로 보내야 겠다고 생각했다. 그러나 가슴에 박힌 튜브를 뽑는 것도 문제였다. 또 아프다며 얼마나 욕을 해대겠는가.

나는 심호흡을 하고 올라갔다.

"숨 쉬는 연습을 할게요. 크게 숨 들이쉬고, 내쉬고……. 다시 크게 숨 들이쉬고, 내쉬고, 참으세요. 이렇게 하는 거예요."

"씨……."

할머니도 긴장했는지 욕이 나오다 말았다.

"이제 진짜예요. 제가 하라는 대로 하세요. 크게 숨 들이쉬고, 내쉬고……. 다시 크게 숨 들이쉬고, 내쉬고, 참으세요……."

나는 그 사이에 가슴에 꽂힌 튜브를 뽑았다.

"아아악!!! 씨X랄, 뭐 이리 아파!! 씨X랄랄~"

나는 마지막까지 욕하는 할머니를 어떻게 골탕 먹일까 생각했다.

"튜브 뽑은 자리를 왼손으로 꾹 눌러야 해요. 안 그러면 공기가 가슴 속으로 쑥~ 들어가 다시 넣어야 돼요. 제가 그만두라고 할 때까지 꾹 누르세요."

나는 옆 병실로 가서 다른 환자의 상처를 치료했다. 한 십 분이 지났을까. 할머니가 소리를 질렀다.

"씨X랄, 언제까지 눌러야 돼?"

"할머니, 아직 삼십 분 남았어요."

지나가던 간호사가 웃으며 말했다.

"아직 삼십 분 남았대요. 저 시계가 열한 시 되면 손을 떼세요. 그전까지는 이렇게 꽉 힘주어 눌러야 돼요."

나는 간호사에게 눈짓을 보냈다.

병동 꺾어진 복도를 돌 무렵 간호사도 궁금한지 나에게 물었다.

"얼마나 눌러야 돼요?"

나는 그녀를 보며 웃으며 말했다.

"특별한 경우 아니곤 몇 초 후에 떼도 별 탈 없어요."

꽃씨를 드릴게요 ③

미국 최초 연방대법원의 여성 대법관이었던 산드라 오코너 (Sandra O'conner)의 남편에 대한 사랑은 남다르다. 그녀는 1981년 부터 24년간 보수와 진보가 팽팽히 맞선 대법원에서 균형추 역할을 해 '중도(中道)의 여왕'이라는 칭송을 받았다. 그녀는 유방암으로 고생하며 투병할 때도 대법관 자리를 지켰으나 변호사인 남편이 알츠하이머 치매에 시달리자 2005년 종신직 대법관을 그만두었다. 그녀는 치매가 심해져 자신마저 몰라보는 남편과 좀 더 시간을 갖고자 은퇴를 결심했던 것이다.

그런데 남편이 요양원에서 다른 여자와 사랑에 빠지는 황당한 사건이 벌어졌다. 그녀는 치매에 걸린 두 사람이 서로 손을 잡고 젊은 연인처럼 입 맞추는 장면을 목격했다. 그러나 오코너는 질투하지 않고 오히려 남편이 행복해 하는 것을 바라보면서 기뻐했다. 그녀는 영원히 잊지 못할 한 마디를 남겼다.

"나를 기억하지 못하고 다른 여자를 사랑해도 당신만 행복하다면 기쁩니다."

치매에 걸린 다음 몇 번이나 자살하려고 했던 남편의 우울증이 좋아진 것에 만족하고, 사춘기 소년처럼 사랑에 빠진 남편을 질투하지 않는 그녀를 어떻게 설명해야 할까? 한 심리학자는 오코너의 사랑에 대해 이렇게 말했다.

"젊어서의 사랑은 자신이 행복하고자 하는 것이고, 나이 들어서의 사랑은 상대가 행복해지길 바라는 것이다."

행복이란 무엇일까? 사전적으로는 행복은 '생활에서 충분한 만족과 기쁨을 느끼어 흐뭇해하는 상태'나 '자신이 원하는 것이 다 이루어져 풍족한 마음 상태'를 말한다. 그러나 안타깝게도 절실하게 원했던 일을 이루고 나면 얼마 동안은 행복하지만 시간이 흐를수록 흥미를 잃고 다른 욕구를 찾게 된다. 결국 사람들은 끊임없이 새로운 만족을 향해 방황하기 때문에 행복은 영원할 수 없다.

많은 사람들이 인생에서 가장 중요한 것이 돈이라고 생각해 행복도 살 수 있을 것처럼 생각한다. 그렇지만 돈이 행복의 절대조건이 될 수 있을까? 만약 그러하다면 일인당 국민소득 같은 경제지표가 높은 국가일수록 더 행복해야만 할 것이다. 일반적으로 일인당 국민소득이 만 오천 달러를 넘으면 국가의 평균소득과 국민의 평균 행복감은 큰 차이가 없다. 이는 기본적인 욕구가 충족되고 나면 사람들은 이전보다 잘 살게 되어도 더 이상 행복을 느끼지 못하기 때문이다.

행복을 이야기할 때마다 많은 사람들이 '부탄'이란 나라를 떠올린다. 이는 2011년 진보 성향의 단체인 영국 신(新)경제재단(NEF)에서 발표한 국가 행복조사에서 부탄이 1위를 차지했기 때문이다. 그러나 부탄은 1998년 입헌군주제 헌법을 마련해 의회에 일부 권력을 넘기기 전까지 전제군주제 국가였다. 우리가 아는 행복을 중시하는 정책도 국민이 원한 게 아니라 전제군주가 일방적으로 결정한 것이다. 또한 그 나라는 1959년까지 노예제도가 남아있었고, 1974년 비로소 외국인 관광을 허용할 정도로 폐쇄된 국가이다. 지금도 부탄은 북한처럼 반드시 국가가 지정하는 안내원과 같이 가야할 정도로 여행이 제한적이다.

2016년 부탄의 행복지수는 세계 56위이다. 이것도 국민의 91.2%가 행복하다고 답했기 때문이다. 1990년대가 되어서야 텔레비전이 들어왔고 제대로 된 화장실도 없어 아무 데서나 용변을 보는 일인당 국민소득이 삼천 달러가 되지 않는 나라가 그렇게 행복할 리 없다. 유엔 산하기구인 '지속가능발전해법네트워크'가 2017년 '국제 행복의 날'에 발표한 국가별 행복지수를 보면

최상위권은 노르웨이, 덴마크, 아이슬란드와 핀란드 같은 북유럽 국가들이 차지하였고 우리나라는 56위이다. 그러면 부탄은 어떨까? 부탄이란 나라는 97위를 차지했다.

내가 부부를 만났던 날은 여섯 해 전이었다. 오십대 초반의 여인이 가슴이 답답하다며 남편과 함께 찾아왔다. 가슴 컴퓨터 단층촬영을 해보니 앞가슴 위에 왼쪽으로 치우쳐 작은 감자만한 것이 보였다. 흉선에 생긴 혹이 확실했다.

흉선(가슴샘)은 흉골이라고 부르는 앞가슴뼈의 뒤편에, 심장과 대동맥으로 앞쪽에 있는 면역기관이다. 어릴 때는 손바닥만하다가 사춘기 때부터 줄어들어 어른이 되면 거의 지방으로 바뀐다. 어른이 되어서도 흉선이 남아있을 때 드물지 않게 중증 근무력증이란 무서운 병이 발생하기 때문에 나는 혹시 그런 증상이 있는지 물어보았다.

"혹시 아침에 눈은 잘 떠지는지요?"

"음식을 삼킬 때 괜찮은지요?"

다행스럽게 그녀는 그러한 증상은 없었다. 나는 왼쪽 늑막을 지나 허파 쪽으로 종양이 붙어있는 것 같아 급히 수술을 권했다.

수술하는 날 남편이 달려와 나에게 무언가 말하려는 듯이 입을 오물거리다 눈물을 글썽였다. 나는 수술을 하면서도 내내 그가 무슨 이야기를 하려고 했을까 궁금했다.

나는 소독약을 바른 다음 수술포를 접어 앞가슴만 노출시켰다. 그리고 수술칼로 반 뼘 정도 살갗을 절개하고 가슴 윗쪽 움푹한 곳을 박리하여 앞가슴뼈의 정중앙을 절반 정도 전기톱으로 열고 가슴을 양쪽으로 벌렸다. 나는 볼록한 지방 밑의 종양을 확인하고 목으로 가는 동맥과 대동맥이 위치한 위험한 곳을 조심스레 나누어 나갔다.

역시 예상했던 대로 왼쪽 늑막은 두터워져 있고 종양과는 붙어 있었다. 나는 종양이 먹은 허파와 함께 손가락 한 마디 정도 띄운 다음 스테이플이란 기구로 허파를 쐐기 모양으로 떼어내었다.

수술하고 나오니 남편이 바로 달려왔다.

"허파에 딱 붙어있는 것을 보니 암일 가능성이 아주 높아요. 방사선치료를 비롯해 할 수 있는 것은 모두 해봅시다."

남편은 수술 후에도 이 세상 어느 남편보다 열심히 돌보았다. 다행히 그녀는 완치라고 할 수 있는 다섯 해를 쉽게 넘겼다.

"그때가 사업을 크게 늘리려고 할 때였어요. 아내 때문에 한참 잘 되는 사업도 접는구나 생각했는데……. 갑자기 경기가 안 좋을 줄 누가 알았겠어요. 아내 덕분에 망하지 않았어요. 그때 사업을 확장했던 친구는 부도나 어디 있는지도 몰라요."

나는 웃음으로 대신 답했다.

"건강이 우선이에요. 교사인 아내가 퇴직하면 사업도 정리해 시골에서 십 년만 좋은 공기 마시며 살 수 있다면 좋겠어요."

나는 그의 말을 거들었다.

"저도 전원주택을 짓고 꽃을 키우며 살고 싶어요. 근데 아내가 좋아할까요?"

나는 고향에서 봉사하겠다며 내려갔다 아내가 가지 않아 한 해 동안 라면만 먹다 올라온 선배의사 이야기며, 내가 전원주택을 지으러 여러 군데 돌아다녔던 이야기 등을 두 사람에게 들려주었다.

"글쎄, 지금부터 꽃씨를 사고 있어요."

나는 꽃씨를 벌써부터 모으는 두 사람의 뒷모습을 보며 그의 말처럼 나도 한 십 년간 그럴 수 있으면 얼마나 좋을까 생각했다.

유달리 추웠던 겨울이 지나고 봄이 왔다. 아침에 아내가 아파트 베란다에 놓아둘 화분을 사러 간다기에 어떤 꽃을 사올지 궁금해 물어보려던 참이었다.

'똑똑~'

그때 내 방문을 두드리는 소리가 났다.

"누구세요?"

몇 번을 물어도 대답이 없어 문을 열었다. 바로 흉선암을 수술받았던 여교사였다.

"웬일이에요? 여태 개학하지 않았나요?"

그녀는 잠시 시간을 내어 나왔다고 말했다.

"어떻게 오늘은 혼자 오셨어요? 늘 같이 오셨잖아요."

그녀는 나를 빤히 보더니만 눈물을 글썽였다.

"남편이 갑자기 심장마비로 죽었어요. 며칠 전 삼우제를 지냈어요. 제 퇴직이 아직 두 해나 남았는데, 전원주택에서 꽃을 심으며 도란도란 살겠다는 약속을 그이가 지키지 못 했어요……."

나는 무슨 말을 해야 할까 망설였다. 그때 그녀가 내 책상 위로 가방을 하나 내밀었다.

"남편이 시골 가서 심을 거라고 사 모은 꽃씨에요. 이젠 필요 없어졌어요. 선생님도 전원주택에서 사실 거라 했죠? 남편 대신 심어주세요."

나는 그녀의 뒷모습을 바라보았다. 아버지 무덤에 피어있던 쑥 부쟁이가 떠올랐다.

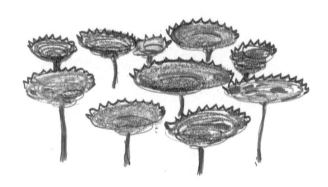

당신은 꽃을 좋아하셨죠
한로寒露 지난 이렛날
해포 만에 철마로 오르는 고갯길
길섶부터 산구절초 한가득 피었더군요

오래 기다리셨지요
아예 산기슭에 팔을 괴고 누우셨다구요
허기진 아들을 위해 미리
눈부신 하늘과 포근한 흙내를 준비하셨네요

당신은 꽃 가꾸길 좋아하셨죠
달리아, 채송화를 심을 때면
아들은 물뿌리개를 들고 곁눈질을 했죠
어릴 적 앞뜰을 천리향 꽃나무로 채우시더니
봉분에도 개쑥부쟁이 심어두셨군요
당신 옆에 누우면
손가락마다 노란 꽃이 잡히네요

묵혀둔 온기溫氣를 건네고자 당신의 발 아래
노란 수선화와 붓꽃 조화造花를 심습니다

꽃자루가 흔들리네요
개쑥부쟁이 묏바람에 쓰러지는군요
대쪽 같아 쉽게 부러진 당신
바람이 불면 부는 대로 휘어지라네요
철마에 누워서도
뽑히지 말고 오래만 살라고 가르치시네요

- '꽃밭에서 / 아버지와 나·아홉'

32 거울 앞에 앉으세요

침(針)은 원래 옷을 재봉할 때 쓰는 바늘을 뜻했는데, 병을 고치는 기본적인 의료기구로도 사용된다. 침을 이용하여 병을 치료하는 침술은 '산해경(山海經)'이나 '황제내경(黃帝內經)'에 동방에서 유래한 것으로 기록하였기에 기원을 우리 민족에게서 찾기도 한다. 실제로 두만강 부근 소영자(小營子) 유적과 고구려 침술이 유명했다는 당나라 '유양잡조(酉陽雜俎)'나 일본에서 침술을 배우러 고구려로 유학했다는 '일본서기(日本書紀)'의 기록은 이를 뒷받침해준다. 그러나 1991년 이탈리아와 오스트리아 국경 근처 계곡에서 발견된 미라 '외치(Oetzi)'의 문신이 마치 침술 시술을 받은 것과 같은 모습이었고, 또한 침을 놓는 경혈과 위치가 유사해 병에 대한 고대인들의 생각이 비슷했던 것을 알 수 있다.

중국에서 침술은 당나라 때까지 약물치료에 비견할 정도로 중요하게 다루어졌다. 그러나 송나라 때 많은 약물이 개발되자 비중이 낮아졌고, 청나라에 접어들어 서양의학을 접하면서 쇠퇴기를 맞았다. 옛날에 침을 놓는 의사를 방울을 울리면서 마을을 돌아다녀 영의(鈴醫)라고 불렀다. 그런 것을 보면 의사 가운데서도 침술을 하는 의사들은 제대로 대접 받지 못했던 것으로 여겨진다.

침술은 예수회 수도사를 통해서 유럽에 소개되었으나 1683년 동인도 회사에 소속된 의사 빌헬름 린네(Wilhelm ten Rhyne)가 침술에 대한 논문을 발표하면서 널리 알려졌다. 그때 라틴어 논문에서 침술(acupuncture)이란 단어도 처음 사용되었다.

침은 병을 치료하고 죽어가는 사람을 소생시키지만 때로는 침으로 깊이 찌른다는 행위 자체가 두려움의 대상이 되어 무속(巫俗)에서는 살생의 도구로도 나온다. 우리나라 가면극 가운데 '침놀이'가 있는데, 여기에는 침에 대한 상징적인 의미가 잘 나타나 있다. '북청 사자놀음'에서도 기진한 사자에게 침을 놓는 장면이 나온다. 반야심경을 외워도 꿈적대지 않던 사자가 의원을 불러 침을 놓자마자 벌떡 일어선다. 침을 맞을 때 정신이 번쩍 드는 데서 남을 잘못을 지적하거나 미처 알지 못하던 것을 깨우치게 하는 것을 '일침을 가한다.'라고 한다.

우리나라는 습기가 많아 나이 들어 찬 곳에 있으면 관절이 나빠지는데, 이때 살갗을 자극하면 피 순환을 빠르게 하고 통증이 줄어든다. 이런 용도로 쇠붙이를 사용했던 것이 아홉 가지가 있다고 하여 '9침'이라고 하였다. 더욱이 우리나라에서는 침을 놓을 때도 좋은 날, 좋은 시간을 택했는데, 그 방법이 김의손의 '침구택일편집', 허임의 '침구경험방' 등에 전한다. 그러나 옛날 침은 굵고 길다 보니 당연히 아픔도 심해 울던 아이에게 "침!"이라고 말하면 울음을 그칠 정도였다.

서양에서 침술은 미국 케네디 대통령의 주치의였던 자넷 트라벨(Janet Travell)이라는 여자 의사에 의해 발전하였다. 그녀는 부신피질의 기능이 떨어지는 병을 앓던 케네디 대통령을 침술 등으로 낫게 했다. 게다가 경혈을 압통점(trigger point)으로 정리했고, 우리가 보통 침이라 부르는 건침(dry needling), 약침, 신경자극(IMS) 등으로 나누어 침술을 세계에 널리 알렸다. 그러나 대체의학의 침술은 통증을 없애는 데 사용하지만 한의학에서 침술은 진통효과 말고도 건강하게 만드는 강장(强壯) 기능이 있다는 것이 특징이다. 현대에 와서는 몸에 상처를 내지 않고도 몸을 튼튼히 할 수 있는 방법이 많기에 강장 기능으로 침술을 거의 사용하지 않는다.

구절초가 가는 곳마다 피기 시작한 완연한 가을이었다. 사십 대 젊은 여자가 숨쉬기가 어렵다며 응급의료센터로 왔다. 나는 연락을 받고 달려가면서 생각했다.

"젊은 여자가 숨이 차다? 무슨 병일까?"

내가 응급의료센터로 들어가니 그녀는 벌써 가슴사진에서 허파가 터진 기흉이란 진단을 받아 컴퓨터 단층촬영실로 가고 없었다. 간호사들은 서둘러 가슴에 튜브를 넣게 준비하고 있었다.

컴퓨터 단층촬영을 보니 양쪽 허파는 모두 깨끗했고, 폐기포라고 부르는 허파 풍선은 하나도 보이지 않았다. 나는 그녀에게로 가서 물었다.

"혹시 담배 피우세요?"

그녀는 담배도 피우지 않고 남편도 역시 담배를 피우지 않는다

고 말했다. 그녀는 아픈 듯 찡그리며 나에게 말했다.

"가슴이 결려 침을 맞았는데 저녁부터 갑자기 숨차 말을 못하 겠어요."

나는 그녀의 어깨를 두드리며 "너무 걱정하지 마세요."라고 위 로했다. 그녀는 나에게 다시 물었다.

"자주 침을 맞아요. 맞으면 늘 산뜻한데 오늘은 왜 이러죠?"

나는 그녀의 질문에 잠시 망설이다 대답했다.

"허파는 커다란 공기 주머니에요. 일교차가 심하거나 가벼운 충격에도 터질 수 있어요. 특히 이렇게 길쭉한 허파는 쉽게 터질 수 있어요."

나는 잠시 쉬었다 말을 이었다.

"이때쯤이죠. 기흉이 가장 잘 생길 때예요."

나는 간호사에게 굵은 튜브 대신 몸속 혈관에 집어넣는 도관 (카테터)를 가져오라고 했다. 살갗을 절개하지 않고, 혈관에 넣는 가는 도관을 가슴에 넣은 다음 공기를 뽑아내는 통을 연결하고 꿰매지 않고 반창고를 고정하였다.

그녀는 며칠 후 아무런 문제없이 낙엽이 떨어지기 전에 퇴원하 였다. 퇴원한 다음 진료실에서 가슴사진을 찍어 그녀에게 완전히 나은 것을 보여 주었다. 그녀는 또 나에게 기흉이 왜 생겼는지 물 었다.

"저는 닥터 지바고지, 형사 콜롬보가 아니에요."

나는 이렇게 잘라 말했다.

"기흉은 너무나 많은 원인에 의해 생기기 때문에 단정하긴 어려워요."

겨울에 접어들면서 매섭게 바람이 몰아치는 날이었다. 출근할 때 이른 추위에 머플러로 목을 둘렀다.

이른 아침부터 수술이 잡혀 결핵으로 인한 공동이 터져 기흉이 된 젊은 남자를 늑막을 덧대어 막았다. 오후에 횡격막 바로 위쪽으로 게실이란 식도 주머니가 생긴 할머니를 수술을 하느라 힘이 들었다. 진료실 의자에 앉으니 눈꺼풀이 절로 감기며 졸려왔다. 거울 앞에서 칫솔질하니 수술모자에 머리카락이 눌려 가뜩이나 없는 숱이 모여 마치 스핑크스처럼 보였다.

'똑, 똑~'

나는 진료실 문을 두드리는 소리에 눈을 크게 떴다.

"누구세요?"

침을 좋아하다 기흉이 생겼던 그 여자였다.

"다시 숨차 오셨어요?"

나는 놀라 그녀에게 물었다.

"아뇨. 요즘도 자주 침을 맞아요. 맞으면 좋은 걸 어떡해요."

그녀는 나를 다짜고짜 세면대 앞으로 데려가 앉혔다.

"저를 치료하실 때 보았는데요. 정수리에 숱이 적은 것 같아서요. 제가 만든 부분가발이에요. 이렇게 머리핀처럼 앞머리에 끼

위 똑딱하면 고정되는 거예요."

나는 거울 속 나를 쳐다보았다. 거울 속에는 열 살은 더 젊어진 남성이 나를 보고 웃고 있었다.

"아니, 저는 어떻게 해드려야 되나요?"

나는 당황해 그녀에게 물었다.

"퇴원 무렵 병실에 있던 여자와 내 상처를 비교해 보곤 깜짝 놀랐어요. 선생님은 가슴의 상처를 없애 준 게 아니라 마음의 상처를 없애주신 거예요."

나는 그녀에게 너무 고맙다고 말하고 현대의학 의사로는 드물게 세계대체의학학회지에 실린 SCI 논문(J Altern Complement Med)을 선물로 주었다.

'침술로 인한 기흉의 치료, 흉관을 넣는 것이 최선의 선택인가?, Treatment of pneumothorax following acupuncture: is a closed thoracostomy necessary for a first choice of treatment modality?'

다른 사람에게 묻지 마소서

1636년 병자호란 때 이야기다. 며칠 동안 폭우에다 매서운 바람까지 불어 성을 지키는 군사들이 추위 얼어 죽을 정도였다. 이때 인조 임금과 세자가 밖으로 나와 하늘을 향해 빌기 시작했다.

"하늘이시여! 나라가 이 지경까지 이른 것은 저희 부자의 잘못이 크기 때문입니다. 백성들과 성안의 군사들에게 무슨 잘못이 있겠습니까? 벌을 내리시려거든 저희 부자에게 내리시고 죄 없는 백성들을 보살펴주십시오"

임금은 간절히 빌었고 빗물에다 눈물이 더해 곤룡포를 흥건히 적셨다. 신하들이 안으로 들어갈 것을 간청했지만 인조 임금과 세자는 미동도 없이 기도만 하였다. 몇 시간이 지났을까? 갑자기 비가 그쳐 밤하늘에 은하수가 나타나고 날씨도 따뜻하게 풀렸다.

수술은 시작부터 난관에 부딪혔다. 목구멍을 통해 마취를 위한 튜브를 넣으려 했는데 좁아 들어가지 않았다.

"이거 수술 시작도 못하는 거 아냐?"

어쨌든 마취해야 수술이 가능하기에 마취과에서 어린아이 마취할 때 쓰는 아주 작은 튜브를 강제로 기도로 밀어 넣었다.

"휴~"

한숨이 저절로 입에서 나왔다. 나는 잠시 기도를 했다.

나는 그의 목을 최대한 젖힌 다음 소독약을 발랐다. 목 가운데 그전에 기관절개술 튜브를 넣은 상처를 동그랗게 절개하여 목주름을 따라 한 뼘 정도 열었다. 기도 쪽으로 박리하니 한두 마디 되는 기도가 좁아져 골목길처럼 보였다.

나는 일단 목소리를 다치지 않게 성대로 가는 신경을 찾아내어 뒤쪽으로 젖히고 기도를 위아래로 박리했다. 일단 정상인 기도까지 확보하려면 적어도 손가락 두 마디 정도는 잘라야 했다.

나는 좁아진 기도의 양끝을 박리하여 끈으로 잡아당긴 다음 아래쪽 기도를 칼로 물렁뼈 중간을 따라 깨끗이 열고 나서, 마취과 의사에게 소독된 튜브를 기도를 열어놓은 쪽으로 달라고 부탁해 밑으로 넣고 입안에 있는 튜브를 뺐다. 기도의 위쪽도 정상인 물렁뼈를 찾아 같은 방법으로 잘라 좁아진 기도를 들어내었다.

이번 수술 몇 주 전 기도 협착이란 같은 병을 수술했던 적이 있었다. 그러나 그전에 수술했던 환자의 기도가 덧난 상처처럼 부

풀어 실패했기 때문에 오늘 수술할 때 신경이 날카로울 수밖에 없었다. 나는 점막이 덧나 다시 좁아지지 않게 어느 때보다 물렁뼈의 중간을 정확히 잘랐다.

입에서는 절로 "하느님~"이 나왔다. 다시 잠시 다시 기도했다.

나는 물렁뼈를 정확하게 실로 떠 좁아지지 않게 간격을 조절하여 수술을 마무리하였다. 뒤쪽부터 하나씩 묶어 간격을 맞춘 다음 앞쪽 세 가닥의 실이 남았을 때 마취과 의사에게 부탁해 마취과에서 입으로 넣은 튜브를 수술 중간에 넣은 튜브와 바꾸었다.

나는 지혈한 다음 살갗을 꿰매고 최대한 목을 구부려 두꺼운 철사실로 턱과 가슴 중간을 떠서 고정시켰다. 환자는 한 주 정도 기도가 붙을 때까지 고개를 구부린 상태로 있어야 할 것이다.

수술을 마무리 짓고 나니 가슴이 텅 빈 집처럼 허전했다. 나는 찬물을 한 잔 마시고 시 읽는 모임에 가기 위해 서둘러 남산으로 향했다.

모임 시간에 조금 늦게 도착하니 사람들이 기다리고 있었다, 나는 먼저 도착한 사람들에게 미안하다고 사과하고 시를 읽었다.

지는 해를 등지고 걸으면
숨 고르며 살아온
뒷모습을 그림자가 붙잡는 것은 아닐까
섭뜩해진다
보내고
사랑을 보내고
되갚지 못한 따뜻함이
아랫목 한 그릇의 밥 알갱이만큼
그득한 오후
보내고, 감당하기 수줍었던 사랑을 보내고
겁먹은 꼭뒤보다 앞서 긴 그림자
빈집의 축 쳐진 어깨에 활짝 핀 꽃바구니로
닿아있네

뒤란의 영산홍이여, 목백일홍이여
잘 있거라

삶이란 때로
날이 지면 배고픈 일상처럼 어루만지고, 다독거리면서
비켜가는 바람에도 매무새를 고치며
몸 구석 어딘가에

튀어나온 뱃살만한 후회를 심어두고 사는 것
생화일까, 조화일까 멈춰선 무안한
그림자가 길을 잃어버리네
떠날 길을 잃어버리네

해 뜨는 길 54번지

- '빈집'

시를 읽고 나니 몇 사람이 물었다.

"해 뜨는 길 54번지가 어디 있어요?"

나는 겸연쩍게 말했다.

"일찍 돌아가신 아버지 대신 보살펴준 고모부가 사시던 집이에요. 참 고마웠던 고모부가 돌아가셨을 때 쓴 시라 궁상맞죠."

죽음이 소재가 된 시를 읽고 나니 다들 병원에 대해 얘기했다.

"오늘 동생이 수술한대서 병원에 갔더니 수술 전에 의사가 환자와 가족의 손을 잡고 기도하더라구요. 세상에 그런 병원도 있다니 놀랐어요. 다른 의사들도 기도하세요?"

나는 숨을 고르며 말했다.

"저는 혼자 기도합니다. 수술하기 전 손을 닦을 때도, 수술을 시작할 때도, 간혹 수술 도중에도 몇 번씩 기도하지요. 근데 기도의 내용은 언제나 똑같아요."

궁금했는지 몇 사람이 동시에 물었다.

"뭐라고 하세요?"

나는 입술을 깨물며 말했다.

"내 죄를 다른 사람에게 묻지 말아 달라고 기도해요. 내가 잘못했으면 이 자리에서 저를 죽여도 좋으니 제발 환자에겐 내 죄를 묻지 마시라구요."

모두 멍하니 나를 쳐다보았다.

나는 죄를 기억에서 끄집어내 쳐다보았다.

흉부외과 의사의 괴상한 털 뽑기

일반적으로 자라나는 속성을 가진 털은 정력과 다산(多産)을 상징해 많고 길수록 풍요하다고 생각했다. 또 사람의 털은 위치에 따라 의미가 다른데, 머리털은 으뜸일 뿐만 아니라 정신과 영혼이 깃드는 우아한 장소로 여겼다. 더욱이 머리카락은 사고력과 이성적인 판단을 의미하는 중요한 대상이고, 반면에 몸에 난 털은 이성과 상관없는 감성이나 정욕을 드러낸다고 생각했다.

사람은 머리털을 빼면 이백 종이 넘는 영장류 가운데 드물게 털이 없는 존재다. 그럼에도 비교적 털이 많은 남자보다 훨씬 털이 적은 여자들은 그나마 남은 털을 못 뽑아 난리이다. 왜 여자들은 털이란 털을 보면 모두 없애고 싶어 할까? 왜 겨드랑이와 다리의 털을 그냥 놔두지 못하고 깎는 것일까?

몸에 털이 있는 가장 큰 이유는 몸을 일정한 온도로 유지하기 위해서다. 그래서 사람을 뺀 모든 포유동물의 젖먹이들은 모두 털북숭이다. 반면에 사람의 젖먹이는 털이 없어 어머니가 잡기 어렵고, 어머니도 민숭이라 젖먹이가 여간 붙잡기 어렵지 않다. 그래서 어머니를 떠나지 못하게 잡는 젖먹이의 야릇한 웃음은 사람만이 가지고 있다.

왜 사람은 털이 없어졌을까? 털에 붙어 피를 빨아먹는 이와 벼룩 같은 기생충이 들끓는 환경에서 털이 없는 게 유리했기 때문이다. 또한 털이 없는 알몸은 상대를 유인하는 장점이 있어 더 많은 탈모 유전자를 남겼을 가능성이 높다. 특히 여자들은 털을 벗는 선택이 남자보다 훨씬 높아 진화과정에서 남자보다 탈모를 촉진했다.

사람은 머리카락을 제외하고는 겨드랑이나 사타구니 같은 마찰이 많은 간찰부에만 털이 있다. 그곳에 털이 난 이유는 마라톤 선수들을 보면 알 수 있다. 마라톤을 뛸 때 겨드랑이에 윤활성분의 크림을 바르지 않으면 살갗에 피가 날 정도로 심한 상처를 남긴다. 심지어 흔드는 팔에 스치는 젖꼭지 부위도 반드시 윤활 크림을 발라야 한다.

마찰이 많은 간찰부를 보호하는 데는 털뿐만 아니라 땀도 필요하다. 맷돌을 갈 때 물을 뿌려주는 것처럼 사람은 다른 포유동물이 가지지 못한 에크린 땀샘으로 겨드랑이를 보호한다. 다른 동물들은 원시 땀샘인 아포크린 땀샘만 있는데, 인간에게 아포크린 땀샘이 퇴화되지 않아 악취를 내뿜는 병을 액취증이라고 한다. 원시 땀샘이라 땀구멍이 없는 아포크린 땀샘은 털구멍을 이용해 땀을 뿜는다.

흉부외과에서 다한증을 치료하다 얼떨결에 마주치는 병이 액취증이다. 액취증을 없애기 위해 옛날에는 겨드랑이 털이 있는 부위를 모두 들어내거나 살갗 아래를 면도했다. 이런 수술은 큰 흉터를 남기기 때문에 전극이나 레이저 등을 이용해 상처를 적게 남기려고 노력한다. 그러나 이들은 쉽게 재발하는 단점이 있어 요즘은 지방흡인기를 이용해 겨드랑이에서 아포크린 땀샘을 제거하는 방법을 쓴다.

어깨까지 머리칼을 찰랑이는 이십 대 중반의 여성이 심각한 얼굴로 진료실 문을 열었다. 그녀는 중고등학교 때부터 겨드랑이 냄새 때문에 어려웠으나 참고 살았는데, 대학에 들어와 남자친구로부터 냄새난다는 말을 듣자 찾아온 것이다. 그녀는 나에게 말을 하면서도 중간 중간 눈물을 글썽였다. 나는 그녀에게 겨드랑이에서 땀이 나는지, 냄새가 나는지 물어보았다.

"겨드랑이에 땀도 나고 냄새도 나요."

나는 손을 씻고 겨드랑이의 냄새를 맡아보았다.

"하루에도 몇 번씩 씻어요. 롤러 달린 물약도 오랫동안 발랐구요."

그녀의 겨드랑이를 보니 알루미늄 염 탈취제를 오래 발라 살갗이 연한 갈색으로 변해 있었다. 나는 바로 수술해 달라는 그녀에게 병에 대해 설명했다. 그녀는 귀를 쫑긋하며 진료책상에 바짝 붙었다.

"액취중에다 겨드랑이 다한증이 같이 있어요. 그렇다 보니 진한 아포크린 땀이 묽은 에크린 땀에 의해 번져 증상이 심한 거예요. 액취중만 수술해도 만족하실 거예요. 지금은 그 정도 수술하고, 여자들은 폐경되면 겨드랑이에 땀이 느는데 그때 심하면 약을 드시거나 수술을 추가하지요."

그녀는 흔쾌히 수술날짜를 잡고서 뭔가 말할 게 있는 듯이 주저했다.

"말씀을 하실 게 있는가요?"

그녀는 간호사를 힐끗 보더니만 말했다.

"겨드랑이 털도 빼주시면 안되나요?"

나는 그녀의 말에 멈칫했다. 흉부외과 의사를 오래하다 보니 이젠 겨드랑이 털까지 뽑아야 하나 자괴심이 들었다.

"모낭에 붙은 아포크린 땀샘을 제거하면 모낭도 붕~ 떠있어 뽑기에 좋지요. 몇 주 정도 털을 밀지 않으시면 뽑아드릴 게요. 털이 짧으면 뽑기 어려워요."

그녀는 수술에 필요한 검사를 하고 갔다.

수술하는 날, 그녀는 나에게 두 가지 질문을 했다.

"액취증은 왜 생겨요?"

나는 "액취증은 다한증과 마찬가지로 어머니, 아버지에게서 받는 것"이라고 말했다. 그녀는 아버지가 그렇다며 얼굴을 찡그렸다.

"아버지가 액취증을 주셨지만 좋은 것도 듬뿍 주셨잖아요? 이렇게 예쁘고 늘씬하게 해주신 것만 해도 얼마나 큰 선물인데요. 또 물어볼게 있다면서요."

그녀는 난처한 표정을 지으며 말했다.

"며칠 전 깜박 잊고 겨드랑이 털을 밀었어요. 어떡해요?"

나는 그녀의 황당한 말에 고개를 들어 천정을 보았다. 휴~, 하는 한숨이 절로 나왔다.

어깨에 가로로 베개를 받치고 소독약을 발랐다. 정말 얼마나 겨드랑이 털을 밀었는지 추수한 들판처럼 뿌리만 남아있었다. 나는 오른 쪽에 겨드랑이 털이 시작하는 부위에서 손가락 한 마디 정도 아래쪽에 살갗 주름을 따라 작은 상처를 내고 겨드랑에 혈관수축제가 들어간 생리식염수를 탱탱할 정도로 가득 넣었다. 다음에 왼쪽에 똑같은 방법으로 약이 스며들기를 기다렸다.

지방흡인기로 아포크린 땀샘을 뽑아내는 직업은 꽤나 힘들다.

살을 빼려고 지방을 뽑는 것처럼 단순하지 않고, 살갗 아래 땀샘을 긁어내기에 팔이 무척 아프다. 나는 가느다란 막대기를 넣어 살갗 밑을 분리하고 한 쪽에 이십 분 이상 긁어낸 뒤 흡인기가 들어갔던 작은 구멍을 가는 실로 꿰매 상처를 눈에 띄지 않게 만들었다. 그 다음이 문제였다. 나는 간호사에게 부탁해 집게를 달라고 해 겨드랑이에서 뿌리가 뽑힌 털을 하나, 둘 뽑기 시작했다.

나는 집게로 뽑으면서 절로 한숨이 나왔다.

"흉부외과 의사가 대체 뭘 하는 거야?"

유비 같은 의사, 장비 같은 의사 ③⑤

　명의(名醫)라고 하면 제일 먼저 떠오르는 의사는 화타와 편작이다. 화타의 원래 이름은 부(旉)인데, 뛰어난 의사를 부를 때 뒤에 붙이는 호칭이었던 화타가 유명해지자 부라는 이름 대신 고유명사로 불리게 되었다. 편작도 마찬가지다. 동이족이 사는 곳에선 새가 하늘과 땅 사이를 날아다니면서 하늘의 뜻을 땅에 전달해 병을 낫게 한다며 의사를 까치라는 뜻의 편작이라고 불렀다. 그러나 진월인(秦越人)이라는 의사가 병을 잘 고치다 보니 비슷하게 이름 대신 고유명사가 되었다. 그래서 진월인 편작은 여러 명의 다른 편작들과 섞여 백 년이 훨씬 넘는 기간 동안 정사와 야사에 등장한다.

　삼국지에도 나오는 화타는 조조와 같은 동네에 살았다. 조조보다 나이가 열 살 넘게 많았지만 가까운 데 살아 한번쯤 만났을 가능성이 높다. 지금도 그 동네에선 예쁜 처녀를 두고 둘이 서로 다 툰 원한으로 조조가 화타를 죽였다는 이야기가 전해 내려온다. 화타나 조조는 둘 다 과거를 보지 않고 효렴(孝廉)이란 추천을 통해 벼슬에 올랐다. 난세였던 삼국시대에 등장한 웬만한 영웅들이 대개 이런 방법으로 출세한 것을 보면 화타의 집안도 조조에 버금가는 집안이었던 것으로 추정된다.

화타와 조조가 나왔으니 삼국지를 이야기하지 않을 수 없다. 고전(古典)이라고 일컫는 책들 중에 삼국지만큼 오랜 세월 기억되는 책이 있을까? 지금으로부터 물경 천팔백 년이 넘는 옛날이지만 등장인물들이 마치 옆집 아저씨처럼 가깝게 느껴지는 것은 어려운 시대를 풍미했던 영웅들의 살아 움직이는 이야기이기 때문일 것이다.

흔히 '삼국지'라고 부르는 것은 원나라 말기, 명나라 초기에 나관중(羅貫中)이란 작가가 쓴 소설로 '삼국지연의(三國志演義)'가 원래 이름이다. 진(晉) 나라 때 진수(陳壽)가 편찬하고, 남송의 배송지(裴松之)가 주해한 기전체 역사서인 '삼국지'와 달리 '삼국지연의'는 덧붙여지거나 꾸며진 내용이 적지 않은데, 이렇게 과장된 측면이 오히려 사람들의 뇌리에 또렷하게 각인되는 면이 있다.

팔을 갈라 뼈를 깎는 수술을 받으면서도 얼굴색 하나 변하지 않고 바둑을 두었다는 관우 이야기, 장비의 고함 소리에 조조의 팔십만 대군이 놀라 달아났다는 이야기, 조조의 엄청난 군사 사이를 헤집고 다녔다는 조자룡 이야기, 바람의 방향을 바꾸었던 적벽대전의 제갈공명 이야기 등을 읽을 때면 '정말 그랬을까?' 하는 의구심이 든다. 청나라 때 한 역사학자는 삼국지연의의 내용이 '사실은 일곱이요, 허구가 셋'이라 하였다. 과연 허구가 셋 밖에 되지 않을까?

사회생활을 하다보면 삼국지의 캐릭터와 비슷한 인물들을 만난다. 조조 같은 상사도 있고, 여포 같은 업체 간부들도 흔하다. 만사에 주저하는 유비 같은 동료도 있고 관우처럼 폼만 잡는 선배와 장비같이 사고치는 후배도 있다. 그러나 이런 사람들이 어울려 사회가 움직이는 것을 보면 삼국지연의는 오래 된 소설이 아니라 살아있는 생명체 같다는 생각이 든다.

병원에도 마찬가지다. 우선 사람들이 병원에 들어서면 삼국지연의에 나오는 각종 등장인물 같은 의사를 만난다. 그러나 절대 유비 같은 의사가 장비 같은 의사보다 낫다는 말은 아니다. 의사마다 개성이 있고 환자가 원한다고 진료나 수술 스타일이 바뀌지 않기 때문에 스스로 자신에 맞는 의사를 찾아가는 것이 낫다. 야구경기에서 사이드암으로 던지는 투수에게 '왜 정통파 투수처럼 던지지 않냐?'고 나무랄 수 없는 것과 같은 이유다.

흉부외과에서 가장 개성을 알 수 있는 수술은 폐쇄성 흉강삽관술이라는 간단한 수술이다. 이 수술은 국소마취제로 마취를 하

고 가슴 속으로 튜브를 넣는 수술인데 수술하는 의사의 성격이
잘 드러난다.

응급의료센터로 가니 오른 쪽 늑막에 고름이 가득 찬 사내가
모로 누워있고 한 의사가 가슴 속에 튜브를 넣고 있었다. 삼십 대
중반의 사내는 수술하던 중에 더 이상 견딜 수 없다며 일어섰는
데, 동시에 의사가 소리쳤다.
"당신 살려주려고 이러는 거야!"
사내는 죽든 살든 집으로 가겠다고 했다. 나는 그를 달래 다른
방법으로 치료하자고 말했다. 그런 후에 갈비뼈 쪽 늑막에 국소
마취제를 듬뿍 넣었다.

요즘 흉부외과에서 많이 접하는 하지 정맥류라고 부르는 다리
정맥류 수술도 의사의 캐릭터가 쉽게 드러난다. 다리 정맥은 깊
은 곳에 심부(深部)정맥이 있고 변두리에 표재정맥이 지나간다.
그리고 심부정맥과 표재정맥 사이를 한강의 다리처럼 근육을 관
통하는 관통정맥이 연결된다. 정맥은 동맥과 달리 혈압이 낮아
근육의 수축에 의해 피가 올라갔다 무게 때문에 다시 내려간다.
그래서 판막이란 문이 내려가지 못하게 막는데, 근육을 뚫고 나
오는 관통정맥의 판막이 망가져 깊은 곳의 정맥피가 밖으로 나와
울퉁불퉁해지는 것을 약한 다리 정맥류라 하고, 사타구니나 오금

의 큰 판막이 고장 나 높은 압력의 피가 역류되는 것을 심한 다리 정맥류라고 할 수 있다.

다리 정맥류의 증상은 정맥류에 고이는 피의 양(量)과 살갗 쪽으로 미치는 압력에 의해 결정된다. 그래서 다리가 아프고, 가렵고, 무겁고, 근육경련이 생기고, 피부색이 변하고, 심하면 피부 궤양까지 생긴다.

다리 정맥류는 이런 증상을 없애고 폐동맥 색전증 같은 합병증을 예방하기 위해 치료하는데, 주사치료를 할 것인가, 정맥류를 뽑아내는 발거술을 어느 정도 할 것인가, 레이저나 다른 기계를 이용할 것인지 결정에 유비 같은 의사의 치료법과 장비 같은 의사의 치료법이 판이하다.

인천에서 이십 대 후반의 여교사가 진료실로 왔다. 그녀는 결혼을 앞두고 건강검진을 할 겸 병원을 들러 별 문제 없을 거라 생각해 의사에게 다리를 보여주었다.

"오래 서있으면 다리가 부어요."

그녀의 말과 동시에 의사가 대답했다.

"하지 정맥류인데 수술하는 병이에요. 직업이 어떻게 되세요?"

그녀는 놀라 말했다.

"중학~교 교~사인데요."

"오래 서있는 직업에 잘 생겨요. 수술하는 의사 소개시켜 드릴

게요."

그녀는 아무 말도 못하고 수술하는 의사를 만났다. 의사는 초음파로 사타구니와 오금을 문지른 다음 그녀에게 말했다.

"수술 날짜를 잡아야겠어요. 세 번째 주 목요일이 비어있어요."

그녀는 의사의 말을 듣고 '그래 결혼 전에 수술하는 것이 좋지. 결혼하자 바로 수술하게 되면 어느 남편이 좋아하겠어?' 라고 맘먹고 의사에게 물었다.

"어떻게 수술하시나요?"

"사타구니를 열고, 또 오금을 열어서 부푼 복재정맥을 아래쪽에서 막대기를 넣어 두 군데를 쭉 빼내는 수술이에요."

그녀는 깜짝 놀라 인천에서 멀리 서울의 동북쪽까지 달려온 것이다.

그녀는 왼쪽 사타구니와 오금에서 조금씩 역류하는 것을 찍은 사진을 나에게 보여주었다.

나는 그녀에게 물었다.

"먼 곳까지 오셨으면 원하시는 게 있으세요?"

"무서워요. 큰 수술 말고 좀 간단히 할 수 있는 것은 없나요?"

나는 그녀에게 약물로 정맥류를 말리는 경화요법을 하자고 했다.

나는 무릎 위에서 만져지는 관통정맥에다 경화제를 넣고 오금이 시작되는 부위에도 높은 농도의 약물을 넣어 막았다. 나머지 늘어난 정맥류도 거품 섞인 약물로 마무리했다. 나는 그녀의 왼쪽 다리에 붕대를 감아주면서 말했다.

"임신하면 복압이 올라가 다시 생길 수 있어요. 재발하면 다시 치료하고, 결혼 전에는 이 정도면 좋겠네요."

탄력스타킹을 신는 방법을 가르쳐줄 때 그녀는 다시 나에게 물었다.

"왜 의사마다 치료법이 달라요?"

나는 그녀에게 웃으며 대답했다.

"의사들마다 치료법이 다르지 않아요. 전에 갔던 병원의 수술법도 틀린 게 아녜요. 삼국지 읽어보셨죠. 삼국지에 유비, 장비가 나오듯이 의사들도 유비 같은 의사, 장비 같은 의사가 있을 뿐이에요."

다리 정맥류 치료에 약물로 경화치료를 하는 것은 필요하다. 큰 혈관에는 큰 치료법이 어울리겠지만, 포크레인으로 파리를 잡을 수 없듯이 작은 정맥류를 없애는데 약물 경화치료가 제격이고, 큰 정맥류에도 적지 않게 적용할 수 있다. 그러나 수술에 비해 경화치료의 수가가 낮아 병원에서는 유비 같은 의사보다 장비 같은 의사를 요구한다. 그렇다 보니 전반적으로 의료수가가 낮은 우리나라에서는 유비 같은 의사가 많으면 병원 문 닫기 십상이고, 장비 같은 의사가 앞뒤를 가리지 않고 진군해야만 병원이 유지될 수 있다.

의료가 급속도로 상업화되고 의료수가는 바닥인 우리나라에서 유비 같은 의사가 설 자리는 어디인가? 괴테의 서동시집에 있는 시가 떠올랐다.

거위가 멍청하다고 말하지.
오오, 그런 말을 믿지 말게나.
거위 한 마리가 주변을 둘러보고
일러주지 않는가, 뒤를 좀 돌아보라고.
모두 앞으로만 나가려고
밀고 밀치는 세상
비틀거려 쓰러져도
누구 하나 돌아보지 않는다네.

- 괴테 '관찰/서동시집西東詩集' 일부

하와이 친구의 하루 36

　아침부터 급한 연락을 받았다. 병동에 올라가니 다행히도 그는 좀 어눌했지만 침상에 누워 나를 반겼다. 몇 년 전 나는 심장 속 왼쪽 큰 문인 승모판막이 망가진 그에게 인공판막으로 바꿔주는 개심술을 했다, 그런데 어제 예기치 않게 뇌혈관이 막히는 뇌경색증으로 쓰러져 입원한 것이었다. 나는 혹시나 싶어 급히 그의 기록을 찾아보았다. 인공판막으로 바꾸는 수술을 하면 매번 피의 농도를 맞춰야 하는데 그의 프로트롬빈 시간은 내가 원하는 수치였다.

　"휴~, 다행이구나."

　가슴을 쓸어내렸다. 나는 심장 리듬이 불규칙해서 그렇다고 설명하고 청진기로 심장소리를 들었다. 그런데 그는 그런 와중에도 앞가슴의 흉터에다 손을 가져갔다. 나는 그의 어깨를 가볍게 치며 말했다.

"아주 작게 열고 수술한 거예요."

그가 고개를 끄덕이며 환하게 웃었다.

병원 현관을 지나 진료실로 왔을 무렵 오랜만에 친구가 전화했다.

"하와이로 이민 간 친구 있잖아. 그 친구랑 같이 가고 있어. 일곱 해 전에 미국에서 콩팥 이식을 받았다는데 말이야. 그게 문제가 아니구……, 그전에 혈액투석을 돌렸던 울퉁불퉁한 왼팔 때문에 더운 하와이에서도 긴팔 티만 입고 다녔대. 그래서 수술해 달라고 왔어. 삼십 분 후쯤 도착할 거야."

나는 자초지종은 알겠지만 어떤 이유로 하와이에서 수술 받지 않고 우리나라에까지 왔는지 알 수 없었다. 잠시 기다리니 하와이 친구가 왔다. 우리는 오래간만이라고 악수를 하고 앉았다.

"한 십 년 전부터 콩팥이 망가져 혈액투석을 돌렸어. 그런데 미국 본토에 있는 선배가 내 소식을 듣고 자신의 콩팥을 주겠다는 거야. 참 좋은 사람이지. 한 삼 년을 혈액투석을 돌리다 콩팥 이식수술을 받았어."

그의 왼쪽 팔을 보았다. 손목에서부터 팔오금까지 작은 오징어순대 크기의 혹이 두 개가 있었다. 그는 이걸 없애고 싶다고 말했다.

"다음 주에 하와이로 돌아갈 거야. 바로 수술해주면 좋겠는데……."

나는 걱정스럽게 친구에게 말했다.

"의료보험이 되지 않잖아? 내가 아무리 노력해도 꽤 나올 걸."

우리는 응급으로 피 검사를 한 다음 수술에 들어갔다. 먼저 살갗을 소독하고 국소마취제를 혹을 따라 주입한 다음, 두 군데를 절개했다. 먼저 손목의 요골동맥까지 파고 들어가 혈관이 시작하는 곳을 기구로 잡고 양쪽을 묶었다. 그 다음 팔오금 가까이 정맥을 잡고 같은 방법으로 잘라냈다. 피딱지로 인해 혈관은 거의 막혀 있었다. 친구는 바닥까지 마취했으나 혹을 박리할 때 아프다고 말했다.

"바닥에 국소마취제를 조금 더 넣을 테니 아파도 좀 참아."

나는 잠시 수술을 멈추고 국소마취제를 넣은 다음 통째로 덜어 내었다. 지혈한 다음, 상처를 걱정하는 친구를 위해 머리카락보다 가는 실로 살갗을 꿰맸다. 나는 의료보험이 안 되는 재미동포임을 감안해 수술비가 적게 나오게 수술실 간호사에게도 부탁했다.

오후 수술로 예정된 여든이 넘은 할머니가 진료실로 왔다. 나는 작년에 할머니의 왼쪽 손목에다 혈액투석에 사용할 혈관을 만들었는데 잘 자라지 않아 다시 만들기 위해 수술날짜를 잡았다.

흉부외과 의사는 고독한 예술가다

나는 할머니에게 콩팥이 나쁜 사람이 어떻게 식사를 해야 하는지 말했다.

"할머니, 콩팥 기능이 나쁜 사람은 짠 음식을 피해야 해요. 그렇다고 싱거운 국, 물에 말은 밥 같은 물기가 많은 음식도 많이 드시면 안 돼요. 물도 많이 드시면 몸이 붓고 잘못하면 허파까지 탈나요."

아들은 궁금한지 나에게 물었다.

"고기는 드시면 안 되나요?"

"단백질도 줄이셔야 해요. 단백질은 결국 질소 노폐물로 콩팥으로 나가기 때문이에요. 콩팥 기능이 떨어지면 이것이 쌓여 요독증을 일으키지요. 그렇지만 단백질은 뼈와 살을 만들기 위해 반드시 필요해 너무 절제하면 영양실조로 큰일 나요. 필요한 만큼은 꼭 드셔야 되는 거예요."

아들과 얘기하는 동안 할머니는 나를 빤히 쳐다보더니 엉뚱스럽게 물었다.

"손목에 상처가 있으니 목욕탕도 못 가겠어. 상처가 보이지 않으면 좋겠는데……."

나는 아침에 수술했던 친구가 떠올랐다. 남자인 친구도 팔의 상처 때문에 짧은 옷을 입지 못했는데 여자는 오죽하랴 생각되었다. 나는 다시 팔의 아래쪽에 수술을 하려던 계획을 겨드랑이 쪽으로 바꾸었다.

수술에 들어가 팔오금 조금 위쪽을 열고 동맥을 찾았다. 그 다음엔 겨드랑이쪽 정맥을 찾아 연결할 수 있게 터널을 팠다. 인조 혈관을 길이에 맞게 자른 다음 동맥 쪽부터 연결하고 나중에 겨드랑이쪽 정맥에 가는 실로 꿰맸다.

수술을 끝내고 나오니 하와이에서 온 친구는 숙소로 가고, 친구를 데려왔던 동창이 기다리고 있었다.

"잠시 기다려. 내가 빨리 끝내고 올게."

친구에게 저녁이나 같이 하자고 말하고 빨리 병동을 돌았다. 친구와 병원 후문 쪽으로 걸으면서 말을 걸었다.

"그 친구는 하와이에서 왜 나왔대?"

그러자 친구는 웃으면서 나에게 말했다.

"정말 자린고비야. 내 참, 수술비가 많이 들어 나왔다 하잖아."

나는 궁금해 다시 친구에게 물었다.

"우리 병원에선 얼마 나왔대?"

"백만 원 정도 나왔다네. 근데 그 친구가 왜 칠 년 동안 수술하지 않은지 알아? 하와이에서 수술하면 이만 달러래. 지금 환율로 이천 사백만 원!" 나는 깜짝 놀라 걸음을 멈추고 입을 다물지 못했다.

"이천 사백만 원이라구……"

기러기 부부의 남쪽 여행 37

나는 혼돈과 좌절의 바다에 서있네
한 점 바람이 불지 않아도 내 안의 파도는 일렁이고
까마득한 어둠의 끝에서도 느낄 수 있는 것은
오롯한 생명의 체취,
다시 사랑한다 하지 않으리
밝은 태양 아래 본 성긴 사랑은
어두워지면 깊은 물살이 되어 보이지 않으니

나 결코 다시 사랑한다 하지 않으리
사랑한다 하지 않으리

- '교문암에 앉아 · 하나', 일부

"우린 바다를 보러 갈 거예요."

나는 진료실로 내려와 대뜸 내뱉는 그녀의 말에 깜짝 놀라 잠시 말문이 막혔다.

"바다 보러 가게 해주실 거죠?"

그녀는 가만히 있는 나를 다시 채근했다.

"어디로 가실 거예요?"

"남쪽으로 갈 거예요. 부산 송도로 가서 해상 케이블카 타고 올라가 전망대에서 어묵도 먹고 커피도 마실 거예요."

나는 그녀의 눈을 빤히 쳐다보았다. 그녀는 얼마나 많이 상상하는지 눈동자를 부산하게 움직였다.

"부산은 너무 멀지 않나요? 송도는 인천에도 있잖아요. 오이도나 영종도는 막히지 않고 좋을 텐데……"

"우린 남쪽바다를 보러 갈 거예요."

나는 두 달 전 그 사내가 나를 찾던 날이 기억났다. 그는 양쪽 다리가 부었다며 나를 찾아왔다.

"언제부터 그랬어요? 양쪽 다리의 깊은 쪽에 있는 심부정맥이 막힌 것 같아 컴퓨터 단층촬영을 해야 해요. 입원하셔야 하구요."

다리가 부은 지 일주일 되었다는 사내는 망설이는 눈치였다.

나는 컴퓨터 단층촬영을 보고 놀랐다. 심부정맥이 막혀 있지 않고 오히려 불어나 있었다. 간에 약간 허연 게 보였고 무언가 바깥쪽에서 대정맥을 누르고 있었다. 나는 남편의 상태를 설명하러 아내를 만났다.

"병원에서 더 해줄 것 없다며 오지마라고 한 지 반년 가까이 되었어요. 위암 수술하고 반년 만에 간으로 퍼져 여러 차례 항암치료도 했어요. 그이도 병에 지치고, 치료비에 지쳐 다시 병원에 오지 않으려 했는데 다리가 부어 견디기 어려운 가 봐요."

나는 '환자에게 해가 되지 않는 것은 다 해주라.'는 히포크라테스의 말이 떠올랐다. 히포크라테스가 말한 해(害)란 육체적인 것도 있지만 경제적인 것도 있으리라.

"이때까지 고생하셨겠지만 조금만 더 해봅시다."

"아니, 남편에게 더 해 줄 게 있나요?"

나는 힘지게 말했다.

"심장으로 올라가는 대정맥이 거의 눌려 있어요. 이걸 풀어줘야 해요. 옛날에는 수술했는데 지금은 스텐트라는 그물망으로 벌릴 수 있어요. 그러니까 먼저 스텐트를 넣고요……."

나는 그녀에게 그런 다음 방사선으로 더 자라지 않게 지져버리자고 말했다. 그녀는 별 반응이 없이 대답하고 병실로 올라갔다.

대정맥 속으로 스텐트를 넣으니 금방 다리의 부종이 빠졌다. 나는 병실로 가서 사내의 다리를 눌러 아내에게 부종이 좋아진 것을 확인해 주었다. 둘은 마치 두 마리 기러기처럼 어깨를 기대어 병상에 앉아 환하게 웃었다. 나는 내가 할 수 있다면 기러기

같은 금실이 좋은 부부가 조금이라도 더 같이 지내게 하고 싶었다.

진료실로 내려오니 조금 뒤 그녀가 따라 내려왔다.

"너무 신기해요. 다리가 홀쭉해졌어요."

나는 그녀의 웃음을 처음 보았다.

"남편에게 또 다른 치료법은 없나요? 다른 사람들이 비타민 주사를 맞으라고 하던데요."

나는 웃으며 그녀에게 말했다.

"아, 메가비타민요법 말씀하시는 거죠. 그건 비타민C를 엄청나게 주사하는 거예요. 그런데~"

그녀는 궁금한지 의자를 나에게로 붙였다.

"그건 지금은 사용하지 않는 게 좋아요."

그녀는 더욱 궁금한지 의자를 바짝 붙였다.

"메가비타민요법의 이론을 만든 사람은 비타민C라면 사족을 쓰지 못했던 라이너스 폴링(Linus Pauling)이에요. 폴링은 비타민C를 많이 먹으면 우리 몸의 산화를 막아 암이나 병이 생기지 않는다고 주장했어요. 그런데 황당하게도 폴링이 십 년은 거뜬히 넘기는 전립샘암에 걸려 겨우 세 해 만 살았어요. 서로 사이가 좋지 않았던 왓슨(James Watson)이라는 의학자가 비타민C를 많이 먹어 빨리 죽었다며 놀렸는데, 이제 보니 그게 맞는 이야기라는 거예요. 산화를 막는 물질이 우리 몸에서 스스로 암을 죽이는 세포를 힘을 못 쓰게 한다는 거죠. 간단히 말해 자연살해세포에게 제대로 싸우지 못하게 총만 주고 총알을 빼앗은 것과 같아요. 암에 걸리게 만드는 물질과 암과 싸우는 무기가 같은 거라는 거죠. 그래서 암이 진행되었을 때는 메가비타민 요법을 하지 않아요."

나는 그녀에게 다른 치료를 권했다.

부부는 마치 한 쌍의 기러기처럼 서로 기대어 앉아있을 때가 많았다. 병동을 돌 때 나는 그녀가 가만히 있는 것을 보지 못했다. 사내의 어깨나 다리를 주무르거나 인터넷을 두드리면 사내도 금방 알 수 있는 내용도 하나하나 어린아이를 가르치듯 책이나 신문을 읽어주고 있었다. 간혹 사내의 상태를 알아보러 진료실에 오면 나는 그녀를 말리기 바빴다.

"남편보다 아플까 걱정돼요."

이렇게 말하면 배시시 웃다 풀이 죽었다.

"얼마 남지 않았잖아요. 그때까지 할 거예요."

나는 그녀의 말에 놀라 더 이상 말하지 못했다.

사람과 비슷한 부부생활을 하는 동물로 기러기를 들 수 있다. 그래서 전통적인 결혼식에는 '전안례(奠雁禮)'가 중요한데, 전안례란 신랑이 신부 어머니에게 보에 싼 기러기를 드리는 예식이다. 기러기는 한쪽이 죽더라도 두 번 짝짓지 않기 때문에 신랑이 신부에게 그렇게 살겠다고 약속하는 의식이었다. 옛날에는 기러기를 신랑 집에서 기르다가 장가가는 날 기럭아범[雁夫]이 등에 지고 신랑 앞에 섰다. 그러다 나중엔 산 기러기 대신 나무 기러기인 목안(木雁)으로 대용하게 되었다.

그러나 오스트리아 의사이자 동물학자인 로렌츠(Konrad Lorenz)에 따르면 간혹 기러기 암컷이 다른 수컷과 놀아나는데 이때 따라다니면서 해코지하는 찌질이 수컷도 있고, 바람났다가도 자식 때문에 재결합하는 암컷도 있다니 사람과 정말 비슷하다는 생각이 든다.

겨울을 나기 위해 남쪽으로 날아가는 기러기들은 서열에 따라

V자를 그리며 날아간다. 이는 선두 기러기가 날개를 저으면 상승 기류를 만들어 따라오는 기러기들은 혼자 나는 것보다 3분의 2정도의 힘으로 날 수 있게 만든다. 그러나 로렌츠는 기러기의 서열에 대해 충격적인 이야기를 들려준다. 기러기가 사람과 마찬가지로 아내나 남편, 또는 자식을 잃은 경우 슬픔에 빠지는데, 다른 기러기들이 위로(慰勞)커녕 오히려 공격한다는 것이다. 기러기가 슬픔에 빠진 동료를 공격하는 이유는 지위를 빼앗기 위해서다. 슬픔에 빠지면 신경이 무디어지고, 근육은 긴장을 잃고 눈은 푹 꺼져 약해지는데, 이 틈을 눈치 채고 공격해 그를 아래 서열로 만들어버린다. 사람처럼 비열한 것까지 비슷하다.

"우린 남쪽 바다를 보러 갈 거예요. 바다 보러 가게 해 주실 거죠?"

그녀는 다시 나에게 말했다.

"날씨가 다음 주면 좀 따뜻해지지 않을까요? 그래도 부산은 좀 멀어요. 꼭 부산으로 가셔야 해요?"

그녀는 계속 부산 송도를 가야한다며 고집했다.

"부산 송도에 금덩어리라도 놔놓고 왔어요?"

"그이가 꼭 가보고 싶어 해요. 우리 처음 만나고 청혼했던 장소로요."

나는 멍하니 그녀를 쳐다보았다.

일본의 성격파 배우 와타나베 켄이 소설을 읽고 감동해 감독을 졸라 만든 '내일의 기억'이란 영화가 있다.

치매로 기억을 상실해가는 남자는 마지막에 자신도 모르게 젊은 날 아내에게 청혼했던 지금은 문을 닫은 도자기를 굽는 가마터로 간다. 남편을 찾으러 간 아내를 만나자 남자는 아내인 줄 모르고 묻는다.

"난 사에키라고 합니다. 당신의 이름은……?"

훗날 나는 아내에게 어디로 가자고 말할까?

'미추 에레미타'에 대한 허술한 변명

내가 가장 존경하는 의사는 '파라켈수스 에레미타'이다. 그는 자신이 로마 시대의 의사 켈수스에 견줄만하다며 이름을 파라켈수스로 바꾸고 뒤에 에레미타를 붙였는데, 에레미타는 세상을 등지다, 은둔하다는 뜻이다. 그러나 파라켈수스는 이름과는 달리 끝내 은둔하지 못하고 세상과 뒤섞여 싸웠다.

우리 집안은 기묘사화 때 조광조와 함께 사약을 받고 멸문(滅門)당한 김정(金淨)의 후손으로 충청북도 옥천의 청산면에서 몇 안 되는 친족끼리 모여 세상을 등지고 살았다. 그러다 할아버지께서 어쩌다 신여성과 결혼해 뒤늦게 사범학교를 나와 대구에서 교편을 잡았기에 나는 옥천이 아닌 대구에서 태어났다.

　우리 가족은 아버지가 서울로 발령나자 한동안 서울의 노량진에 머물렀다. 내 아주 어렸던 기억은 지금도 그곳에 머물러 있다.

앞니 빠진
아이는
와이셔츠
상자를 들고 있네

개나리 터널을 내달려 언덕바지
노량진 17호 국민주택, 아버지는
앉은뱅이책상에서
아홉 색깔 색연필로 포장지에 그린 기린을 채색했지
뭉툭한 가위로 고불고불 낙타 등을 오리고
고들고들 대궁을 이겨 사자 갈기도 세우고
모서리마다 야무진
거멀잡이 울타리를 둘렀지

누구도 갖지 못한
마분지 동물원

누가 볼세라,
재채기에 날아갈까 와이셔츠 상자를
수저질하다 저분질하다 얼른
거북 등딱지까지 감추던 겁쟁이 아이 시절,
노아의 방주에도 없을 짐승들이
밤새 꿈틀대다 스멀스멀
기어 나오는 유년의 동물원

사진 속 아이는
아직 와이셔츠 상자를 든 채 웃고 있네
난
갯바람 치는 낯선 무덤가에서
붉은 조화造花를 들고 울고 있네

- '와이셔츠 동물원/아버지와 나 · 열'

　　우리 가족은 내가 다섯 살 무렵 아버지의 목재사업 덕분에 바다를 낀 부산으로 내려갔다. 초등학교 육학년 때 내 키는 140센티미터를 조금 넘었다. 언제나 앞줄에 섰던 어수룩한 꼬맹이는 소심하고 내성적이어서 책을 읽고 공부만 하며 세상을 등졌다. 나는 중학교 시절 '미추'라는 필명으로 자필시집을 만들 정도로 열심히 시를 썼으나 가슴 속에 차곡차곡 쌓기만 하였다. 고등학교 때는 청운의 꿈을 안고 다시 서울로 유학했는데 청운하고는 멀었다.

　내가 시를 쓰는데 가장 큰 어려움은 어릴 적 대도시만 살았다는 것이다. 도시에서 나오는 소재와 단어로 시를 쓰다보면 언어의 폭이 좁아 늘 한계에 부딪히곤 한다. 단지 조선시대 현학적인 시로 이름난 김정의 피가 '진(進)'이라는 시집과 여러 학교의 교가를 작사한 아버지를 시인으로 만들었고, 나도 덩달아 시인이 되

지 않았나 싶다.

나는 흉부외과 의사였던 큰아버지와 닮았다는 이유로 의대에 진학했고, 적응하지 못해 첫 여름방학 무렵 고시를 보겠다며 거제도로 내려가려 준비하였다. 그런 나를 놔두면 폐인(廢人)이 될 거라 생각했던지 여대에 다니던 누나가 지금 아내인 과대표 후배를 소개했다. 그래서 나는 새내기치곤 세련된 아내를 처음 만났다. 나는 긴 머리를 찰랑이던 아내에게 대뜸 조병화의 '초상(肖像)'이라는 시의 첫 구절을 읊었는데, 뜻밖에 아내는 마지막 연을 말했고 종작없던 방황의 고삐도 잡혔다. 그해 겨울 얼떨결에 대학 문학상에 턱걸이했지만 나는 계속 글을 쓸 생각도, 등단할 생각도, 딱히 동아리 활동을 할 생각도 없이 그저 조용히 살았다.

칠 년이 넘는 긴 연애는 나에게 꽃봉오리 맺힐 때부터 꽃잎이 벌어지고 만개할 때는 물론, 꽃이 시들어 떨어질 때까지 한 여자를 지켜보는 인내를 키워주었다. 저는 이런 고통을 '아내와 나'라는 연작시로 지었는데 아내는 긴 머리마저 싹둑 잘라 나를 실망시켰다.

나는 흉부외과란 특수한 외과분야를 전문으로 선택했는데, 지금 생각하니 금전과 거리가 멀고 가장 세상을 등지기 쉬운 과목이 아니었나 싶다.

아내는 결혼하면서 적잖이 고민하였다. 남편이 몇 년 후 갑자기 산골에 들어박히거나, 아니면 아프리카 오지에 봉사한답시고 처박힐까 걱정했는데, 세상이 나를 더 이상 등지고 살지 못하게 했는지, 아니면 아내 말처럼 속성이 드러났는지 은둔을 포기하고 속세의 한가운데 살고 있다. 어쩌면 내가 지금 맞지 않는 옷을 걸치고 있는지도 모르겠다.

등단에 전혀 관심이 없던 나에게 늦게나마 출판사를 같이했던 형이 연락했다. 더 이상 숨어살지 말라는 뜻이었다. 나는 몇 년 전 첫 시집을 내었다. 이 시집에 '몸 구석 어딘가에 튀어나온 뱃살만한 후회를 심어두고'라는 구절이 나온다. 첫딸은 총각 때보다 이십 킬로그램이나 늘어난 아빠의 배를 쿡쿡 찌르며 '후회'라고 말하곤 한다. 정말 나잇살을 먹을수록 후회가 더 늘어나지 않으면 좋겠다.

괴테는 새로운 여자를 사귈 때마다 한 권씩 시집을 내었다. 마지막 사랑은 괴테가 일흔 네 살 때 마리엔바트에서 만난 열여덟의 소녀 울리케이다. 괴테는 한 눈에 반해 바이마르 왕에게 중매해달라고 졸라댔다. 연애시 '마리엔바트의 비가(悲歌)'가 여기서 탄생했다. 그러나 나는 '낡은 전동타자기에 대한 기억'이라는 시집이 첫 번째이자 마지막 시집일 것이다. 시인으로서의 한계도 나를 어렵게 만들지만 괴테처럼 여자가 많지 않고, 아내가 처음이자 마지막 여자일 테니까. 이것이 과작(寡作)에 대한 변명이 되면 더 없이 좋으리라.